KB254132

뜻밖의 봄

이 도서의 국립중앙도서관 출판시도서목록(CIP)은 e-CIP 홈페이지
(http://www.nl.go.kr/ecip)에서 이용하실 수 있습니다.
(CIP 제어번호 : CIP2013025826)

뜻밖의 봄

글쓴이 / 이동희
펴낸이 / 孫貞順
펴낸곳 / 모아드림

1판 1쇄 / 2013년 12월 9일

서울 서대문구 북아현3동 1-1278
전화 / 365-8111~2
팩시밀리 / 365-8110
E-mail / morebook@morebook.co.kr
http://www.morebook.co.kr
등록번호 / 제2-2264호(1996.10.24)

ⓒ이동희
ISBN 978-89-5664-166-9   03810

값 15,000원

뜻밖의 봄

이동희 시집

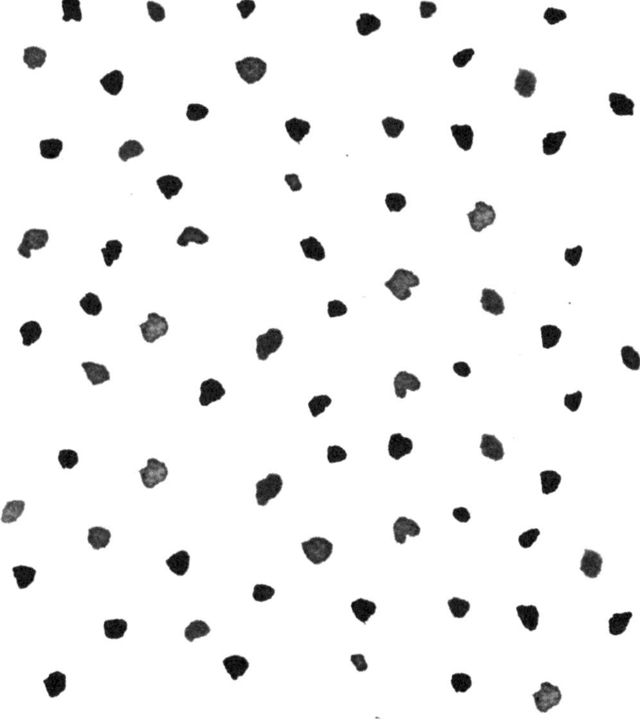

모아드림

■ 자 서

진실 · 형식 · 자아

문학의 참뜻이 어디 따로 있는 줄 알았다. 살면서 정신의 줄자를 깊이 드리우고, 사소한 떨림에도 내면의 악기로 울어 줄 때 그에 가까워질 수 있음을 겨우 짐작한다.

좋은 글이 어디 따로 있는 줄 알았다. 목숨을 도구로 만든 새 그릇에 생명의 물을 담을 수 있을 때 그릇은 완성을 향한 쓰임의 길에 놓일 수 있음을 겨우 짐작한다.

좋은 사람이 어디 따로 있는 줄 알았다. 나에게 향하는 남의 됨됨이를 남에게 향하는 나의 됨됨이로 비춰보면, 좋고 나쁨이 바로 자신의 그림자임을 겨우 짐작한다.

2009년부터 금년까지 5년 동안 일간지에 〈이동희의 시인수첩〉이란 주간 연재 코너를 250회에 걸쳐 줄기차게 끌고 왔다. 100회까지는 남의 시로 내 수첩을 채웠고, 101회부터는 수첩에서 내 시를 뽑아냈다. 2010년까지 쓴 시로 여섯 번째 시집을 이미 꾸려냈고, 이번 일곱 번째 시집은 2011년 이후 '떨림을 담은 그림자의 그릇들' 이다.

긴 그림자를 추적하느라 이 가을을 헌납한 상호형의 노고에, 연 이은 시집 출간에 흔쾌히 응답해 준 모아드림 손정순 시인께 고마움을 전한다. 손주 璘·多·朗으로 지고 새는 가족의 배려가 또한 고맙다.

2013년 세밑
寓居 〈린다랑집-茶樂書室〉에서
油然 이동희

차례

■ 자서

2011 _ 바느질하는 고래

2012 _ 느티나무 아래 눕다

2011_ 바느질하는 고래

바느질하는 고래

솜털 가시지 않은 푸른 활을 들어
뱃고동 출항 길이나
빙산 가슴앓이 하는 음악옷감 마름질하네.

콘트라베이스,
혹등고래 한 마리!

푸른 바늘
오색실 꿰어 굵은 어둠을 박음질하네.

솔기 없는 삼십이분음표
트레몰로 마음 바쁜 사랑속삭임도
어두운 북극양 무대를 시침하네.

어머니,
배추흰나비 한 마리!
하늘 잃은 어둠에도 무지개 수를 놓았네.

거미줄로 마른하늘의 우박을, 잠자리 날개로
보름달도 감쌌네.

문門
― 새해를 맞이하는 마음풍경

문은 곰이다
바로 닫으면 내외가 상통하여 당골을 낳는
가문이기도 하지만
거꾸로 열기만 할양이면
내외도 갈라져, 철천지원수로 찢어져서
제 새끼도 잡아먹고야마는
수곰이다.

역사는 문설주마다 풍경을 달아두었으리―

사철풍경은 소리를 낸다
바람이 사상을 논하지 않는다면
저 홀로 울지도 못하지만,
또한 웃지도 못하는 절반만 이념이다

살을 에는 겨울바람에 온밤을 울던 문풍지의 비명
귀를 문명의 문이라고 우기는 사람들이여!
언제나 남향으로 열어 둔
사람의 냄새마저 들리는가?

열수록 짙어지는 사랑의 비밀도

때로는, 대책 없이 문을 열어
봄을 맞아 바람기 많은 철부지가 되는 것

잠글수록 마침내 열리고야마는 비밀금고의 암호처럼
숨길수록 멀어지는
핏줄의 촌수 따지기 어려운 동포의 가문이여!

겨울바람이 쇳소리를 내며 몰려오자
귀틀집마다 고드름을 매달지만
남향으로 문을 낸
곰의 집마다, 문고리마다
소름 돋는 고드름을 녹이고 볼 일이다

봄을 머금은 바람의 문
그 수곰 같지 않은 사랑을 열고 볼 일이다.

봄날의 독서

꽃샘추위도 저 멀리 달아난 봄날
삼천천 효자다리를 지나다 책장 넘기듯 내려다보는데요,
(조금도 과장이 아닌)대하소설만한 잉어 여러 마리가
볼륨 엷은 수심 아래
흙탕물을 일으키며 독서삼매에 빠진 거예요.
아마 모르면 몰라도
뻘흙에 숨은 물지렁이를 찾거나
아니면, 수서곤충 애벌레라도 찾는 것이겠지만
그도 아니라면
봄볕 내리쬐는 천지광명을 불빛삼아
알 낳을 페이지를 넘기는지도 모를 일이지요.
한참을 내려다보는 동안 해그림자는 서으로
그냥 흘러가려다 멈칫거리며
전지로 펼쳐놓은 화선지에
느티나무며 감나무, 단풍나무며 은행나무 이파리들로
그림문자를 쓰며 지나가는 거예요.
천변 보행로를 걷는 사람들 발자국 소리도 없이
잊어버린 존재의 집을 향해
바쁘지도 않을만한 거리를
몸의 독서로 바쁘게 찾아가고 있었어요.
가변차선 포함 왕복 오차선 효자다리 위로는

책장 넘기는 손길 보이지 않는 빠르기로
굉음들이 속독하며 지나가곤
했지요. 하긴—
저리 바쁜 독서로 생로병사 양 끝에 걸린
다리 이름이나마 제대로 읽을 수 있을지
정녕코 모르겠어요!
그래도,
쉬지 않고 책장을 넘기는 잉어들처럼
내 한 몸 잠긴 진흙탕강물에서
생존의 의미를 찾아내는 동안
봄은 아무렇지도 않게 가로수를 흔들며
너른 하늘원고지에 바쁠 것도 없다는 듯이
신록이란 상형문자를 잘도 그려내고 있었어요.

식탁풍경
― 말, 존재의 집짓기 · 1

살을 에는 허기
살얼음 건너 살길 찾는 발길
이들을 살갑게 건네주는 국어사전 어디 없을까?

채식주의자의 꿈을 위하여
식탁을 혁명하면,
채소밭엔 잉크빛 진한 꽃이 울리라.

밥그릇들이 핏빛 반역을 모의하는 일상
빈혈을 고민하는 견고한 지성들이어!

한여름 대낮의 경적으로
울리지 않던 섬마을의 고성능 사이렌처럼
살처분―
소름 돋는 도둑가시나무 울타리를 치고야마는구나.

뜻의 샘물마다,
수박색 두레박을 드리우자!
마중물 보내어 가난을 퍼 올릴지라도
고갈될 줄 모르는 허기를 위하여.

춘담 春談

봄비—
겨울 먼지를 털어내고
대지에 음반을 올려놓는구나.

낡은 유성기 자갈밭 지나가던지
육촌형네 행랑채아궁이에서 군불 쬐며 들었던
어린 궁핍도 태엽이 풀리며 지나갔지!

구시렁거리며 삭정이가지 부러뜨리던 시절
아랫목에는 노상
감았다 풀었다 제자리걸음하는 세월

설움은 골이 파였던가?
연분홍 치마가~ 연분홍 치마가~
자분자분 제 노래로 가슴을 긁어대며
비悲ㅅ금을 긋지.

가족사진

한 무더기의 흑백나무가
세월을 가둔 유리성에서 해바라기한다.

두 그루 버팀목의 코디는 상큼했다
넥타이를 맨 양복은 대들보이자 기둥으로
하얀 옥양목에 비녀를 꼽은 구식엄마
시대의 불협화음처럼 조붓하게 배경이었다.

총기를 발하는 놀란 토끼눈을—
(이 소년을 뒷날 돋아난 가지들은 큰형나무라 불렀다)
별빛 꿈을 노상 사탕처럼 먹었다 한다.
지금도, 팔순의 청춘을 시조창 하신다.

세일러복 단발머리는 고희에 이르러서도—
(이 소녀를 뒷날 새로운 열매들은 큰언니나무라 불렀다)
콩새처럼 지저귀었던 그날을 인화하신다.

그리고 마른 날의 변덕처럼
몇 번의 포성이 원뢰遠雷로 울자
붉은 홍수나 푸른 빗줄기는 아무렇지도 않게
집으로 가는 길을 다리를 무너뜨렸다.

─잃었다!
새로 돋아난 네 그루의 나무들이 설 자리를

그때 입술이 없는 시린 이는 알았을 것이다.
이념은 피 터지는 싸움이기도 하지만
이어진 길을 끊어놓는 소꿉장난이라는 것을…

너무도 늦게 그리 알았을 때
육남매의 기념사진에는 더 이상 버팀목이 없는
평면의 우울들만 입을 다물고 있었다.

김치!를 피자처럼 싱겁게 발성해도
치즈, 그 노리끼리한 휴머니즘을 쎄게 발음해도
한 무더기 빛바랜 나무숲에는
별들 총기를 잃고 콩새 날지 않는 빈 숲이 되었다.

성긴 눈발
— 말, 존재의 집짓기 · 2

체감할 수 있는 비명은 예보되지 않는다.
디지털인쇄기들은 언제나, 한 끼
밥그릇의 온도에 초점을 맞춰 논설할 뿐이다.

빙하기가 도래했음을 알리는 지진감지기
또한 녹슬어 아날로그의 눈금 보이지 않는다.

포만을 모르는 사나운 짐승들도
따뜻한 먹이를 찾으면(먹이는언제나피가흐른다)
기쁨마저 다소곳이 경배하리라.

이리저리 부박(浮薄)하는 안쓰러운 체온들만이
분주하다, 정착할 곳 찾지 못하는 눈발
탈북한 손님들처럼

헐벗기라도 해야 가난이라고 보도하는 낱말밭에
차가운 낭만처럼 무책임하게 흩날리는
겨울의 씨앗!
비탄의 노래마저 야간열차를 타고 떠나다.

어느 곳에도 다시는 뿌리 내릴 수 없으리라.

착근을 외면하는 툰드라의 시대
사람의 이랑을 지우며 내리는 겨울의 영토마다
우둔하게 파종하는 겨울농심으로는

맹자의 양*
— 말, 존재의 집짓기 · 3

눈이 멀지 않았어도,
제 닭 제가 잡아먹는 일이야 다반사가 아닌가?

사람들은 남의 일도 제 일처럼 주관화한다.

아무렇지도 않게 손가락질하던 습관으로
닭의 모가지를 비틀거나,
혹은 현자에게 시험당한 왕, 의 신앙처럼
큰 소를 놓아 주지만—
항상 거두는 기쁨은 쓸쓸하게 비워 둔 일기장
혹은 삭제된 항목이 많은 후진국의 역사였으리!

사람은 본디 착하니라.
눈 먼 사람이 착하지 않을 수 없는
공화국의 안녕을 위하여, 불침번마저 숙면하겠지.

그럼, 그래야 한다.
조간 가판대에는 상하의 여인들이 벗고 살며
무사들 전황이 실황으로 중계될 때마다
심지 않은 나무들로 시장은 언제나 무성하다.
빨간 열매가 익기 전의 풋과일로…

눈물은 네로 황제의 항아리
시장마다 준비된 계산대를 향하여
어색한 포즈로 목청 틔지 않은 닭이 홰를 친다.

한 낮의 어둠에도 우는 듯이 웃는다.
거짓 슬픔에 익숙한 왕족들처럼

* 왕이 하루는 당 위에 앉아 있는데, 그 아래로 어떤 신하가 소를 한 마리 끌고 지나갔다. 물끄러미 보고 있던 제선왕이 신하에게 물었다. "소를 어디로 끌고 가는가?" "예, 흔종(새로 만든 종의 갈라진 틈을 소의 피로 메우는 의식)에 쓰려고 합니다." "놓아주도록 해라. 벌벌 떨면서 죄도 없이 죽으러 끌려가는 모습을 차마 못 보겠구나." "그러면 흔종을 그만둘까요?" "어떻게 그만둘 수 있겠느냐? 양으로 바꾸도록 해라." 〈맹자, 양혜왕 상편〉

詩값 · 4
— 청탁받지 않은 시를 쓰다

사모하는 눈길 부딪친 적 없는 여인으로부터
연분홍 편지를 받았다 하자

혹은 백일홍 가녀린 떨림으로 눈길을 내려감았다 하자
그래도 섣불리 문자질 바람으로
연분홍물감 풀어낼 수는 없는 것이 아닌가?

사람이 사람으로 뱃길 끊겼을지라도,
왜장쳐―
사랑한다고 백사장을 인질로 잡아둘 수는 없는 것!

그저 어지러운 발길, 밤길 더듬어 올라가
바위섬 꼭대기에 등대를 세울 일이지,
시심 깊은 바닷물로 기름이나 채울 일이 아닌가?

어디 먼 나라로 고단한 항해를 하는 항해사에게
등불은 별빛에 닿으리라고,
그럴 거라고―

또는 연안에서 그물질하는 어부에게도
어촌마을 찾아가는 길잡이가 되라고,

반드시 그럴 거라고—

마르지 않는 저 노래,
바다 깊은 저 먹먹한 고백을 들으시는가?
모든 노래의 원형이었을,
서러움이 쌓이고 쌓여서 토하는 심해의 숨소리를

서정시 · 2

서푼짜리 오페라로
문명을 날린, 브레히트 선생

꽃피는 사과나무에 대한 감동과/ 엉터리 화가에 대한 경악이/ 가슴속
에서 다툴 때
바로 두 번째 것이 있어 시를 쓰게 한다*, 고 고백하였는데

경주이씨 알평謁平시조어르신 칠십 몇 세손으로
고백컨대, 나는
신라적, 전후 사람들에 대해서 말장기將棋 두기가 쉽지 않았으나

고삐 풀린 망아지를 내 좁은 외양간에서
동해바다 너머 저쪽 멀리 추방키로 했으니, 여기에는

아주 고귀하신, 사나이
나랏말밭에서 사라질 뻔한 남자를 부엉이언덕에 세워두신
아조, 질박하신 진짜 사람짱도,
그 녘 사람인 게고

목월木月 시인 뒤를 따라 심상心象을 잘도 그리시는
(이)상호 (문)인수시인, (김)선굉 (박)상옥 (강)초선시인들

아조 근사하신 내 시우님들도,
그 녘 사람들인 게고

우리 귀여운 세 공주님 璘·多·朗을 놓으려
구미九尾 박통생가 옆집에서 온고을까지 한달음에 달려온
아조, 어여쁘신 내 선화공주며느님도,
그 녘 사람인 게고

하긴, 세상 위에 사람 있지
사람 위에 세상 있는 것 아닌 거, 삼시 세끼 찾아 먹으면서
서푼짜리 세상 거시기 땜시
사람 거시기 할 일은 아닌 게고,
아닌 건 아닌 게고…

* 베르톨트 브레히트 「서정시를 쓰기 힘든 시대」에서

비망록備忘錄

나는 그대가
푸른 피로 쓰는 나무의 철학인 줄
알았다―
얄팍한 휴머니즘의 주머니

내 서글픈 방랑의 매표구에서
어디를 발음하건 그냥 개찰하는 손길처럼

나는 그대가
물길로 가는 막힘없는 사상인 줄
알았다―
식민하는 나라의 질긴 식욕

지류 소란한 사람숲길을 피해 가도
갈대 지청구 아무렇지도 않게 서걱거리듯이

낙엽의 계절이 있음으로
강물은 자신의 영토를 이루는가?
저 흔들리며 깊어가는 해양민족의 고독처럼…

회귀하는 반역마다 마중하는 반도의 풋사랑이여,

기억의 빈 창고여!

흐려진 칸이 많은 역사는 사랑마저도 행선지를 잃는 것!

빈 칸을 채울수록 해독하기 쉬운 사랑으로
마모된 불립문자의 역사를 위하여
삼면의 바다에게 다시 길을 묻는다.

귀환歸還

그냥 차표를 끊는 손길이 미안타
얼마나 많아야 할 경유지
그 질문을 거두고
그냥 행선지를 말하는 얼마 남지 않은 막차의 시간들이

미안하다
우리 시대에 불립문자가 된 소통하는 교통이여
언어여
사과할 수 없는 가소로운 정신의
푯대여!

나는 아무래도 돌이킬 수 없는
새벽의 청정수가 될 수는 없는 것임을
고백할 수밖에 없어…

그대가 그리 긴 정신의 낙엽과 감성의 여울을 위하여
기도할 때
나는 이리도 짧을 수밖에 없는 숟가락과 젓가락
그 운행을 위하여
야밤의 막차를 가다니
갈 수 있다니, 있다고 차표를 구하다니

놀라워라!
그대의 마르지 않는 정신의 푯대
그 펄럭이는 찬란한 표상이 놀라워라!

이렇게 야밤을 가는 버스에 느낌표를 달기 위하여
나의 막차
그 좁은 창구에 궁색한 지전을 구겨 넣는다.

파도 波濤

철학은 시간에 몸을 싣고 이렇게 말하네.

왜 살아야 하는지 아는 사람은 그 어떤 고통도
견뎌낼 수 있다.

갈대는 그렇게 흔들리며 사유하는 것
밀려가는 힘도 지구를 떠메 가고
밀려오는 힘도 세계를 떠메 오네.

가고 오는 것이 시간이 아니라
저 손잡이 없는 문이듯이
살고 죽는 것이 문자가 아니라
이 볼 수 없는 거울이듯이

아득한 출렁임으로 잠들지 마라
끝이 없는 바다여, 욕망의 늪이여!

시간의 끝,
손잡이 없는 문을 여는 날
맑게 갠 거울 앞에서 그렇게 만나리라.

왜 살아야 하는지를 묻는 사람은 어떤 고통도
견뎌낼 수 있다고.

양심

공원 산책길 옆 잔디밭을 파헤친 남새밭에 느닷없는 발목지뢰

경고!
양심을 믿읍니다
남 농작물을 훔쳐가는 자는 도둑임다.
양심을 지킵시다!
농작물주인

고 바로 위에서
행색 초라한 구경꾼이 내려다보고 있다.

경작금지 자연보호
　공원 내에서 허가 없이 농작물 경작, 건축물 설치, 토지 형질 변경, 임목 벌채 행위 등 금지. 위반자는 도시공원법 제32조 및 33조 규정에 의거 1년 이하 징역 또는 300~500만 원 이하의 벌금
　행복시 욕망구청장

조망 鳥網

보이지 않는 그물
언제나 탱자나무에 걸리는 말들처럼

가는 실들로 묶은 험담보다
더 넓은 허공을 빠져나가지 못하리
참새들의 허기

상처들 또한 보이지 않듯이
나의 복수, 벼리를 지니지 못했구나

미끼마저 없는 그물을 던지면
줄줄이 걸려 올라오는 은어들 마냥
쬉이질*하지 못하는 지상의 조업

백양나무 가지에 앉혀두고 보면 그만인
공기의 파동,
혹은 자유 꺾인 말의 날개들

* 쬉이질: 투망(投網) 혹은 타망(打網)의 우리말

진달래꽃 · 2

남쪽나라에서 넌지시 일기장을 넘기며 오는 햇볕
어디에도 그늘은 없겠구나!

가느다란 연필심 어디에서
어디 저리 연분홍 립스틱으로 이별할 수 있으랴?
어림없는 일이지

천년송 곁에서 보채는 아지랑이,
혹은 숨죽이는 안개처럼

사랑한다!
사랑한다 고백하는 기쁨으로
헤어지자!
헤어지자 투정하는 더 큰 설렘으로

돌옷으로 꽃말은 피어나고야 말겠지
무너진 성터마다
또 오고야마는 봄처럼…

꽃이 지는 길

뭍이 바다와 몸을 섞은 界火島
심통처럼 돌기한 전망대
익숙한 기다림으로 몇 그루 깃대가 세워져 있었네.

바닷바람 불어오는 평야 가슴 언저리에
꽃샘추위를 머금고 있는 벚꽃―
저 바람 이기려
안간힘쓰며 버텼을 사랑이라는 이름의 봄,
몇 그루 벚나무로 서서 흔들리고 있었네.

나는 지금 어디 간척지에서
경계 허물고저
솔기 없는 옷차림으로 서성거리는 것일까?

뭍으로 변한 바다
출렁임을 멈춘 지 오래였으니
해조류의 기억에서 서서히 염분이 빠져나가듯
내 몸의 형상기억
해조음 역시 그렇게 받아가며 운동을 잃었으리.

봄이면 돋아나는 몇 소절의 유행가처럼

사랑 없이 난 못 살아!
지치지 않고 투정하듯, 바람 불어오곤 했었네.

봄의 끝을 가리키는 이정표를 따라
돌아오는 길,
살짝 열린 설움의 차창에는
방향 잃은 하얀 꽃비가 나비인 듯 날아와
내 어깨에 날개를 접곤 했었네.

풍란

눈으로 말하는 쉼표도 음악이었지
높은음자리 놓인 곳에서
항상, 정갈한 현악기처럼
사랑과 우정을 합주하곤 하였지

잠시 생의 발길 머물며 제자리걸음 하듯이
시의 내재율로 다가서곤 하였지

어디쯤에서
시행 가름하듯 나들이를 권할까?
그도 아니라면, 시든 발걸음 따라
전환하는 제3연쯤에서 인연을 가르자 권해볼까?

그리곤—
바람은 잡음도 없이 망각을 가져가서는
그 자리마다 이슬을 매달아 두었지
통주저음의 향기, 꽃으로 말하는 음악이라니!

눈짓을 알아채지 못하느라 초라했을 갈증을 지나
시간의 잔해들로 넘치는 시의 초고마다
함박눈 향기로 쌓이는구나!
저 빈약한 풍요

꿈꾸는 집

유리 창문은 잠기지 않는다, 우리 안에 갇혀 있는
곰의 동면처럼
투명한 평안이기 때문이다.

연금증서가 어금니만 남은 젊음이었듯이
풍요의 고기에서 육즙을 자아내지 못한지
오래다, 겨우—
이제 갓 돋아난 명랑한 응석들로
훈민정음 문패를 달게 될 것이다.

목쉬지 않은 음악이 날마다 춤을 추고
처진 어깨, 늘어난 주름마다 안테나를 세워
독서 등을 밝히는 라디오스타!

나무로 깎은 열쇠를 밀어 넣을 때마다
유리 현관은 여전히 잠결인 채
"어서 오시어요!"
자신이 보낸 빛의 택배를 수납한다.

햇감자

부안에서 몸집 불린 동진햇감자
통통한 시어들이 가지런히
시집 한 권에 담겨
우리 집에 들어온 날
허여멀건 한 내 풍신을 예뻐하시느라
풍년두부라고 놀려주시던 중학교적 선생님도 오셨다.
벌써, 강 건너 저편에서
하얀 손 흔들고 계신지 오래지만
여름날 땀나는 훈민정음 농사시간
삼베 적삼 걷어 올린 채
허연 뱃살 별스럽지도 않게 이랑 더듬으시며
그저 아무렇지도 않게
여린 것들 가슴에 씨감자 시를 심어주시던
국어선생님!
뽀얗게 살 오른 서해 바닷바람이 불어온 날
하지는 진즉 지나가고
여름, 철도 한참이나 지나고야 말았을
계절의 뒤안길―
갈대머리 휘날리는 늙은 소년이
허옇게 갈라터진 서릿발 세월을 호호 불며
뽀얀 시의 속살을 뜨겁게 읽노라니

정직한 기자

어느 기자가 오마이뉴스 종이신문에(제471호.1면)
7월 1일부터 반려동물 부가가치세 시행이라는 기사를 썼는데요.

—이런 상황에서 우리나라에서 반려동물 진료비에 부가가치세가 부
과된다면 금전적인 부담이 커져서 반려동물이 아픈 경우 유기하는 동
물이 늘어날 수밖에 없다.—고 썼는데요. 말하자면 동물 치료하는데 비
용이 많이 드니 伴侶동물이 返戾동물이 된다는 뜻이겠지요.

버리는 손이나, 버려지는 몸이나 동물은 동물이지요.
하지만, 기자라면 '유기되는 동물이 늘어날 수밖에 없다' 고 써야겠지
만
친절한 기자라면 '버려지는 동물이 늘어날 수밖에 없다' 고 쓸 수도
있지만
정직한 기자라서 그걸 모를 리가 없겠지요.

제 식구라며, 제 자식이라며, 제 짝꿍이라며
먹이고, 입히고, 쓰다듬고, 어루만지다가
늙고 병들면, 털 빠지고 기운 없으면,
눈빛 흐려지고, 기억력 나빠지고, 몸에서 냄새나기 시작하면,
음식물 쓰레기 버리듯, 헌옷 벗어 던지듯, 씹다만 껌 내뱉듯
버리는 이, 또한 동물임을 잘 아시는 정직한 기자이시겠지요.

참외

시내버스를 타려고 신호를 기다리다 잠깐 멈춘 사이
나를 붙잡는 미안
신호등이 명멸하는 중인中仁농협 은행 앞에서
늙은 행상, 투박한 농투성이가 쏘아대는 무기
싸다~ 싸!
노란 참외를 빨간 플라스틱 바구니에 담아놓고 호객하다.
은행에서 방금 나온 중년 여인
하얀 원피스에 빨간 구두, 긴 오른손 검지에선 승용차 열쇠가 팔랑개
비 돌다.
싸다~ 싸!
오천 원에 맛있는 참외가 한바구니!, 에
발길 잡혀 23℃(아마,지구의기울기도그럴것이다)쯤 노란 참외 쪽으
로 몸을 기울다.
두어 걸음 다시 지구의 회전축을 돌리려는데
싸다~ 싸!, 에
더욱 바쁘게 팔랑개비 도는 캐딜락 열쇠
오천 원의 눈빛과
23℃쯤 기울어진 맘빛이 정오 광야에서 끈끈하다.

파란 신호등에 버스는 떠나고
관객의 시선도 떠나가고

눈빛과 맘빛의 대결도 다음 주 이 시간으로 이어지고
누가 무너졌을까? 궁금하고
그래서 젊은 재벌 2세가 주인공으로 나오는 주말 연속극은
또 죽지 않고 살아나는 시리즈가 되나보다.

한 바구니에 오천 원하는 노란 참외의 전장
여름 한낮이 참 미안하다.

낙차 落差

이구아수폭포에 무거운 참회를 짊어지고 오르던 미션mission의 멘도
사
아우를 죽게 한 죄를 폭포 아래로 던져버리는 토착인
하느님의 높이와
원주민의 용서는 이구아수폭포,
딱 그 만큼의 깊이였으리.

용병 기아타이거즈 투수 로페즈가 뿌려대는 회전하는 커브볼에
대책 없이 욕심을 돌려대는 토착 방망이들
직구로 맞아줄 타율과
회전하며 떨어지는 타자의 실망,
꼭 그 만큼의 궤적이었으리.

떨어진다고, 아주 떨어지지는 않고
죽겠다고, 영 죽어지지도 않는
그저 부딪치지 않아 폭도 깊이도 없는 고층의 맨땅을
일컬어
아무 실감 없이 절망을 향해 투신할 때

팔십팔만 원으로
삼시세끼호구를삼고시집장가도가고비바람가릴지붕도세우려는

사람아, 젊은 사람아—
삼성전자와 함께 하는
사이먼 래틀 경 베를린필하모니 연주회장 단 한번 입장하는데
브이아피석사십오만원로열석사십만원특별석삼십이만원그리고무대
가이구아수폭포밑으로보이는오만원말석에도
그의, 종교는 있으리.

눈물의 길

매운 연기로 사라진 시인을 생각하며
바닷가 모래사장에 누워 바다 가슴에 귀를 대보니
아득하여 참 깊더라.

안다, 설음의 깊이 끝이 없음을
돌이킬 수 없는 회상 때문에 흐려진 시력을 위하여
생나무 그늘에 누워 0.2퍼센트의 소금물을 눈에 넣노라니

소리 없는 슬픔은 흘러가다가, 끝내는
소리의 무덤 동굴 달팽이관에서 철썩이며 흐느끼는데
깊은 그 소리
아득하여 매우 멀더라.

지옥 말고는 아니 가는데 없다, 고
선전하는 세상의 여행길을 따라
비극도 결국 끝이 나고야 말리라, 고달픈 나그네 눈물이라니!

당연히 제 길 찾아가는 물길처럼
슬픔도 그렇게, 젖을수록 흐느낌은 누더기를 벗으리라.

맑은 소리, 고운 소리, 환한 소리 모두 벗고…

적나라한 흰 몸뚱이만으로
소리의 무덤 달팽이관에서 몸부림치는 파도
아득하여 아주 차더라.

어머니의 눈물

어머니는 눈물로 말한다.
시름마저 사치가 되는 자식 앞에서
온몸이 눈이 되어
마를 날 없는 우기가 되신다.

어머니는 눈물로 말하지 않는다.
그냥 칠년 가뭄 든 천수답 가슴바닥을
손톱으로 쥐어뜯으며 샘을 파다가
거북등으로 갈라지는 마른 밭이 되신다.

아직 여름이 가지 않았는데,
초록이 지천인데
노랗게 물드는 무거운 바람 불고,
기어이 요람마저 흔들고야 마는
어두워서 나쁜 소식

젖어도 흐를 수 없는 우기를 위해
가슴 찢지는 건기에도
울음으로 웃으시고, 웃음으로 눈물 만드신다,
어머니, 세상의 모든 어머니는…

미운 사랑

갓 난 동생이 와서
다섯 살 언니에게 미운 뿔이 자란다.

날마다 빨간손톱도 자라고, 눈엣가시도
돋는다, 그래도
꽃은 벌 나비 때문에 지지 않는다.

양지와 그늘 사이에 국경선은 없는 것
너와 나 사이가 그렇듯이

和는 언제나 아군이 아니다. 同도
착한 군대는 어디에서도
전투할수록 승리를 잃는 전장을
싸울 뿐이다. 나쁜 군대도

피를 흘리지 않는 용병의 나라에서
성전은 언제나
패배하는 전투가 아니던가?
靑史, 마르지 않는 증언의 불립문자여!

그러므로 폭풍우를 보내어 사랑하는 방법으로
내 안의 선악을 흔드는 계절이어
규정할 수 없는 정체여!

신발 찾기

눈물이 무겁게 가라앉아 어두운 곳에는
어쩌면 그렇게도
닮은 행선지들이 많은지,

그 중에서 나를 찾는다는 것은 눈을 뜨고도 난감한
일이다, 지난한 거사다.

뒤축이 처진 어깨모양으로 닳아빠진 젊은 방황을 보자
너일까?

이백육십오 밀리의 직립보행을 밀어 넣어 보지만
아니다, 아닌 것이다
돌아갈 수 없는 지나온 정거장인 것이다.

질끈 동여맨
머리끈 같은 뜨거운 목소리가 닮아서
검은 끈으로 묶인 결의에 족근골 일곱 마디를 정조준해보지만
과녁은 매양
낯선 이방인으로 따돌림 당하는 것이다.

문전박대 외톨이가 된 세상인

것이다, 익숙지 않은 낙오자인 것이다.

비로소 눈이 아닌,
어둠에도 낯익은 육십구 킬로그램의 중력이 닿자

화들짝 시동이 걸리며 질주하는
본능이라는 빠르기의 안전속도라니

암탉

땡볕이 징소리처럼 울리는 한낮
도시의 생나무울타리를 지나가는데, 웬 주부의 주장이 두렷하다.
꼬~, 꼬~, 꼬 ˜ , 꼬 ˜ , 꼬꼬댁!
(볼 수는 없지만 고개를 갸우뚱거렸을 것이다)
사유하는 암탉이라니!
도심 어디에 알 낳을 자리 있을까? 한여름 징소리에도
저 매미들 철군하느라 빈틈이 없을 행렬 어디에
조신한 사유를 하얗게 산란할 수 있을까?
시간을 잊은 청맹과니, 철딱서니 수탉처럼
강철 호루라기 불어제쳐도
한 끼 식사는커녕, 허기마저 달랠 수 없는 사이렌소리
에도, 아랑곳하지 않는 주의여!
한 자 한 자 명토 박는 생명이 우렁차다.
발걸음도 주의 깊게, 고개를 갸우뚱거리며
꼬~, 꼬~, 꼬 ˜ , 꼬 ˜ , 꼬꼬댁!

말문

여보!
하고, 손잡이를 당기자 토끼눈이 귀를 쫑긋
세워 그 다음 풍향을 몰라
별주부는 난감하다
왜 이 대목에서 항상 머뭇거리는 것일까?
호화유람선을 타고 가 용궁문을 열자는 것도,
단속곳 깊숙이 감춰둔 불감의 화덕문 열자는 것은 더더욱 아닌
것이고, 하긴 그럴 요량의 손잡이였으면…
몰라, 정녕 모를 것은 손잡이의 방향이기 전에
몸 안에서 소용돌이치는
당김음의 소리샘과 밀물로 멀어져 갈 길이었겠지
오른쪽으로 기울어 가다보면
서향마루에 걸려 있는 왼쪽으로 통하는 길의 끝
자동으로 열리는 자동사처럼 목적어를 두지만 않는다면
풍향에 따라 토끼의 귀를 쫑긋 세워
여보!

빗길, 내변산에 들다

내변산엔 비만 오면
아니, 비님의 나들이 소식이
동남풍에 그 앞자락이 보이기만 할양이면
비단자락 풀어놓은 설화의 뒤편으로
산들은 모습을 감추고
한오백년 그리움을 풀어헤쳐
매창누님 머릿결로 단장하곤 한답니다.
신선이 되고 싶은 등산객은 구름을 불러 타고는
어이, 조~오~타, 조~오~타
해 싸며—
떠난 임 그리워 마른 눈물 몇 섬씩 흘린다는
치마바위 올라앉아
어여쁘게 어여쁘게 울곤 한답니다.
사람 되고 싶은 신선
하마 있을까 몰라 잠깐씩 넋을 풀어
드맑은 계곡수에
찰랑 찰랑 이야기를 쌓아 모아들이기도 할 것이니
이럴 때마다 내변산은
하늘도 땅도, 산도 계곡도 모두 이야기천지가 되고야 만답니다.
어쩌다가
매창누님 치맛자락 사이로

언뜻 언뜻 비치는 햇살을 모아
하이얀 쌀밥을 짓듯
구수한 이야기들을 소담하게 짓기도 한답니다.

비오는 날의 부침개

누구는 비오는 날엔
수채화를 그려야 한다고 했습니다, 유행가처럼…
옆자리
진신사리 같이 빛나는 생각보석을 지니신 어르신은
무슨 말씀을—
하고 인생을 현토懸吐하십니다.
뜨끈한 아랫목에서 궁색한 하반생을 위하여
속곳 진땀나도록 군불 때는 것보다
더 참한 비설거지 없다고,
정녕 없노라고 장담하십니다.
빗속에도 늦은 벌레 잡으러 가는 제비,
새끼 여럿 거느린 일용직 노동자도
처마 밑에서 거둡니다.
옳거니, 그렇노라고
지지배배 지지배배
암수가 서로 노래들을 합주합니다.
그래도 빈대떡신사를 기억하는 젊은 노년도 있습니다.
구수한 우리네 통밀가루 반죽에
알싸한 깻잎 내음 여름 들녘을 새파란 크기로 썰어 넣고
쪽파며 풋고추야, 하지감자야 푸성귀들
혹은 사흘 굶은 시어머니 면상 같은

호박잎들도 함께 버무려서
서글픈 빗물로 간을 맞춘 부침개만한 것이 없노라고
목젖이 떨어지도록 입맛을 다십니다,
그려~

채석강 소나무

서해로 돌출한 격포 채석강 산마루에는
서슬 푸른 현인께서 서
계십니다. 천년 동안
줄기차게 바다를 읽어 서가를 놓고
만년 동안 글씨를 쓰느라
무릎께가 닳고 닳은 시대의
선각이십니다.
만선의 꿈을 안고 출항하는 어선에는
푸른 등대로 뭍을 밝혀주시고
빈 배로 귀항하는 어부의 가슴에도
그저
살아만 있어도 남는 장사라며
아침 해를 비추어 밝게만
맞이하십니다.
저 푸른 등대가 있어
서해를 지나가는 사나운 바람도 타일러
격포—
멀리 돌아가는 바람의 갈기를 보노라면
푸른 심줄은 심해에 닿아 있으며
굽힐 줄 모르는 넋
또한
태백의 시심에 닿았음 알겠습니다.

자웅雌雄을 겨루다

雌는 암컷
지다, 약하다, 패배하다, 쇠약해지다
雄은 수컷
이기다, 승리하다, 우수하다, 뛰어나다

아마도 이 낱말밭의 주인은 수컷이었으리
자웅을 겨루어 보라―

철모르는 수탉은 언제나 자정도 어둠도 모르는 음치였다가
볏에 내리던 햇살 이울면
맨드라미 시들듯이 지고야마는 겨울 패잔병

그래도
유정한 암탉만이 오지랖 넓게 곁을 준 식솔 거두어
살아남은 자의 쪽수 앞세우고
저리 고고한 깃털 다듬으며 노래하나니
한낮의 산란을

내변산, 지름밭골을 걷다

산행을 높이로만 여기시는 분들
잠깐만 발길 돌려
내변산, 지름밭골에 들러보시기를,
비 갠 뒤에 오시면
비단결 냇물이 오순도순 길동무를 해주실 것이고
가뭄 든 날에 들르시면
금강산 구곡담 옥녀탕보다 못할 것 없는
옥빛 선녀탕들이 시퍼런 전설을 가득히 담아 두었을 것입니다.
바람 불어 넘어진 고목 등걸을 타고 넘다 보면
꼭 강풍이 불어야만 물러나는 독재자,
재스민 향기에 권자를 내놓은 저들처럼
나무 등걸 타고 넘는 일이 그리 쏠쏠한 재민 줄을
아실 것입니다. 운동권이 따로 없음을,
앞을 가리는 칡넝쿨이야 다래넝쿨을 헤치며
입맛 버리지 않으신 식탐도 흉이 되지 않게
소싯적 설화를 아무렇지도 않게 열매 맺으니
생태계라는 귀한 어원을 찾아들어가다 보면
풀숲에 똬리를 틀었다 들킨
독사 새끼마저 소중하면 하였지
저들의 보금자리 빼앗을 없는 자유 없다고,
땅의 숨을 받고 자란 온갖 푸른 혼들이

일제히 일어나 초록향기를 마구 쏘아대는
한낮도 야밤 같은 숲길입니다.
등산을 등정으로만 여기시는 분
잠깐 발길 돌려
내변산, 지름밭골에 다녀가시면
산다는 것이 높이만을 더하는 길이 아니라
낮은 곳으로 내려놓는 인생
발길을 따라
그냥 나지막한 길이 되신다는 것을 아실 것입니다.

격포, 밤바다

모두가 잠들어도
바다는 결코 잠에 들지 않습니다.
하늘에 대고 불꽃 노크를 해대어도
하느님은 잠에 드셨는지
검은 장막을 두텁게 치시고
기척도 아니 하십니다.
밤을 잊는 이들
바다로부터 출가했음이 분명한
먼 친척들만
어둠을 사르는 순간의 불꽃처럼
시간을 태워도 다하지 못할
고백하려고
줄기차게 하늘에 불꽃화살을 날립니다.
세상이 모두 잠들어도
바다는 가슴 출렁이며 들떠 있습니다.
들뜨지 않고서
저리 징경 징경 해안선을 뛰어다니며,
징징대며 울먹이지 않고서야
그런 고백도 사랑일 수 있느냐며
바다는 따뜻한 가슴을 풀어
차가운 이성의 발목을 간질입니다.

그래라, 그렇게 하여라!
이룰 수 없는 사랑 없으며
이루어진 사랑 또한 바다로 귀일하나니
사랑을 잠재울 수 없어
바다는 불면으로 밤새 출렁이며
저리 흐느끼며 보채고 있습니다.

야생野生

한때나마
산닭을 山닭으로 읽은 적이 있습니다, 바보 문맹
산닭잡아줍니다
나붙은 현상수배를 볼 때마다
명궁 로빈 후드나 주몽연속극을 생각하곤 했거든요.
바보 문맹
내변산, 고순복여류시인이 신선 연습하는 변산을그리는하얀풍경을
보고서야
길들여지지 않는 목숨 있음을 보았습니다.
애초에는 서너너댓대여섯예닐곱 마리였던 닭들을
산발치 저들 마을에 풀어놓았는데
이제는 저들끼리 끼리 정분나서
불어난 식솔
소대병력을 넘어 중대병력으로 불어난 산닭
이제는 화려한 휴가병 받들어총!
하듯이—
산닭을 겨눌라치면
무슨 눈치 어떤 정보통으로 알아채는지…
순치된 날개 언제였냐고 조롱하듯이
초음속으로다가 줄행랑!
로빈 후드는 중세에나 만나볼 수 있고

주몽은 당나라당 등쌀에 언제 올지 모르니
그저 산닭은 저들끼리 식솔이나 불리며 살라 방치하고
우리네 여류시인 하얀 씨알이나 낳으려,
시심앓이를 한답니다.
문명 바보—

길들여지지 않는 산닭만이 시를 낳을 수 있음을
알아채버린
그대 문명 바보!

자웅雌雄

내변산 자락에서 닭을 놓아기르는 여류시인 댁에
나그네로 들러 닭공부를 쫌 했는데요.

(어느 시인은 도둑맞은 달걀 품고 있는 닭을 일러 닭대가리라 비웃듯
이, 없는 시알 낳으려 시를 품고 사는 시인을 일러 제발 닭대가리라 놀
리지 말아달라고 당부했는데요.* 제가 꼭 그 닭대가리 짝이지 뭐겠습니
까?)

놓여난 닭들이
저들끼리 낳은 알을 시심 꺼내먹듯이,
낳는 족족
안 써지는 시를 대신해서 술안주 삼아버리니
암탉들이 산기슭에 숨어들어 알을 낳고 병아리를 부화하고 식구를 불
려가더니
이제는 지구대경비병으로는 제압할 수 없는 군사력으로 커졌다는데요.

볏 좋은 수컷은 여러 마리 암컷을 거느리며 위세가 당당하구요.
몸집 좋은 암컷들은 여러 마리 수컷들이 보챌 때마다 아무렇지도 않게
곁을 주고,
유정란을 낳고 낳고 또 낳는다니
유정하지 못해 맨날 무정란 시만 낳는 남류시인이나

아예 푸른 벼슬 수컷씨알 구경도 못하는
여류시인의 투심이나 강샘 알만하지 않겠습니까.

* 고진하 시 「닭의 하안거(夏安居)」에서

근심하는 달

달이 뜨지 않았다고 마음마저 뜨지 않는 것은 아니듯이
터진 구름 사이로
깨진 거울조각 같은 근심이 보이는 것처럼

사람들, 모처럼 자신들의 근원 근처에서 서성거릴 때
달빛마저 위로가 되던 시절은 차라리 밝았으리.

넌지시 건너다 볼 생나무울타리도 없는
도시의 차벽 앞에서
구름 뒤에 머물고 있을
또 하나의 얼굴을 떠올리노라니

달이 이울었다 다시 뜨고, 다시 지는 날들을 빌어
검은 구름 밀쳐내는 바람에 실려 가을이 성큼
성긴 근심 안에 들어서는구려.

바른손에 관한 명상

나는 항상—
왼손에게 미안하다

1천원을 꾹꾹 눌러 보내며 듣는 발신음 경고 때문에
흔들려도 일어서야 하는 시내버스 손잡이 때문에
사르트르의 지옥*에게 무기명 이체하는 존심 때문에
택시의 동전거스름을 받아 챙기는 작은 주머니 때문에
제 먹은 밥그릇 씻어내는 기껏 하는 설거지 생색 때문에
튕겨져 나온 돌멩이를 치우고야마는 잠시 굽힌 허리 때문에
우측통행하지 않는 행인에게 보내는 손가락질 때문에
붓두껍 누른 대로 나오지 않는 선량하지 않은 선량 때문에
누르는 협력 없이는 올릴 수 없는 바지의 지퍼 때문에
제 숨통을 조르고도 편안한 예절 바른 넥타이 때문에
주말 연속극에 시선 꽂아 돌린 채널의 가난한 부유 때문에
언로를 뚫는 길에 푼돈으로 깔아야 하는 보도블록 때문에
1만 댓글로 백만송이장미꽃을 피우려는 국민명령 때문에
쓰이는 글씨대로 뜻을 만들지 못하는 문자 때문에

오른손잡이여서 미안하다
나는 항상—

* 사르트르는 '타자는 나의 지옥' 이라고 했다.

새들은 눈이 작다

오목눈이 뱁새
밤낮없이 신세타령만 하는 뻐꾸기 알을 품는다네.
제 새끼인 남의 새끼의 벌린 허기를 향해 제 몸을 밀어 넣는
작은 눈을 지닌 뱁새

쌈지공원 텃새
밤낮없이 모은 재활용품 수레와 함께 자신을 누인다네.
제 것이자 남이 버린 산더미 허물에 제 몸을 밀어 넣는
작은 눈을 지닌 텃새

작은 체온도 뜨겁게 열린다네.
숲의 나라에서는
멀리 가는 눈으로 오래 보노라면
세상도 풍경화가 된다네.

이름

이동희는 어디에도 없다네.
그의 모음은
고산면 남봉리 양지바른 산기슭에서
흙의 몸으로 물을 마시며
식은 바람을 호흡하고 있다네.
진즉, 싸움하던 불길 따라
그를 숨 쉬게 했던 아비의 소릿결마저
영혼의 불길 따라 무릎을 거둔 지 까마득하다네.
이제 그는 홀로 남은 자음이 되어
말씀의 지붕 위에
오래된 옛집처럼 몇 그루의 시를 싹틔우기도 하고
이슬 맺힌 풀잎마다 별을 담아
달빛 거두는 성음이 되기도 한다네.
기러기 울어 예는 하늘ㅅ길가 우물터에
하늘로 드리운 두레박에
찰랑찰랑 영근 말씀들이 담기는 날
그도 그렇게—
온 소리로 메아리를 남긴 채
흙과 물, 불과 바람으로 사그라질 뿐
이동희밖에는 아무데도 없다네.

바위를 깨뜨린 도토리

사랑도 그런다네.
빙하 가슴에 한 알 씨앗을 떨어뜨리자
활화산이 되는 사내처럼
혹은 옹녀처럼
도무지 싹을 틔울 수 없어야 할
그래서 마른 가슴에 천둥소리나 그리워하다
말아야 할
도토리 한 알이 사랑을 하였다네.
완산골을 서으로부터 지키는 황방산 마루
고인돌이 지켜보는 눈가장자리쯤 바위에 올라앉은
도토리 한 알
아니, 단단한 사랑 씨앗이 나려 앉았다네.
서으로 건너가시던 바람구름이
이따금 젖은 입맞춤을 하자
금실 좋은 실뿌리도 내렸을까,
시나브로 손을 잡듯이…
그렇게 가장 실한 심금을 울려 노래했을까?
어느 날
마침내 몸피 불어나는 식솔들 보며
겁이 덜컥 난 가장처럼
쩍 갈라진 천년의 밭에 실한 줄기

푸른 잎을 드리울 수 있다니,
다람쥐 청솔모 식솔 거느린 가장 실한 가장이 되다니!
바위 가슴에
한 알 씨앗으로 떨어질 수만 있다면
마침내 사랑도 그런다네.

꽃게

먹다가
목젖에서 걸리는 가시가 되는 음식이 더러 있다.
마이무그따아이가?
실컷 두들겨 맞은 한국영화의 명대사처럼
친구라는 제목으로도 죽임의 폭력을 잘도 흠향하지만
그것이 일상의 먹거리가 될 줄을
알기까지
나는 얼마나 많은 구토의 적응으로 사르트르를 버려야 했던가?
밀림의 수컷들이 그렇듯이
사랑을 짓이기는 방법으로 우리는
여린 암컷을 그렇게 왕성하게 먹는다
~고 없는 무지개를 띄우며 시시덕거리는
뜻 모를 왈패들의 뜻 모를 무용담
오늘 저녁에도 그랬다.
등 푸른 생선이어도 그냥 식사할 수는 없으리라
여겼다.
뇌리의 심해 어디쯤에서 노닐던 저들의 사유를
노동의 헌정 없이 그냥 저작하다니
있을 수 없는 말의 개화처럼
꽃게라는―
저 황홀한 죽음의 변신 앞에서

목젖은 언제나 가시에 걸리고 만다.
부활하지 못한 채 산화하고야마는 단백질처럼
나의 바다에도, 잠들지 못하는 부표가 되어
끝내 개화하지 못한 말들이
목젖을 넘어가지 못한 채 출렁이고 있구나.

무주는 무주다

무주에는 주인이 없더라.
목마른 자
누구나 와서 반딧불이와 노닐기만 한다면
주인이라 하더라.
무주라서 취할 일 없으리란 주객이여!
주객이 따로 없이
산머루주나 먹포도주에 그냥 취하시기 좋을
동굴주도를 따라 걷기만 해도
산내음에 취하기만 하더라.
자연이 낸 길을 따라
그저 걷기만 해도 도로 취하는 마을
주인이 없으니
모두가 주인이더라.
일찌기 눌인訥人이란 글쟁이는
목숨 바쳐 글을 쓰되
주인 없는 동네를 이니스프리라 그림 놓고
주인 없는 소를 찾아[尋牛]
젊디젊은 나이에 떠났다 하더라.
주인 없는 돌무덤만이 주인행세 하느라
멀리 돌아 금강으로 흘러드는 길목에선
금강경 독경소리 들리는 듯

남대천 물길 따라,
주인 없는 물길 따라
달빛마저 비단결로 숨을 쉬고 있더라.
구천동은 하늘 구만리로 이어지느라
문패 달 여가가 없어
주인행세 하지 않고
나제통문 드나들던
마동이나 그가 부르던 유행가 가락도
이제는 공작단풍 빨간 이파리처럼
저리 주인 행세 하지 않고
가을로만 물들고 있더라.
무주공산!
어여쁜 짐승들만 주인이 되는 나라
환인께서 다시 오시기에 적합한
단 한 곳, 사람의 궁전
무주에 오면
모두가 주인이 되어
가빴던 숨결마저 곱디곱게
도처에 펼쳐진 시詩의 문맥 따라
숨 쉴 만하더라.
숨을, 쉴 만하더라.

내려앉다

가을엔 무지개가 내려오는
계절인가봐요.
하늘이 숨긴 희망을 그리려고
칼에도 총에도, 심심계곡 홀로 저무는 나무숲에도
왕궁을 내려다보는 키 큰 관상수에도
무지개다리를 그리잖아요.
저리 내려오는 웃음을
색칠하잖아요.
눈이 내려 겨울이 춥지 않은 추억이듯이
벙어리장갑을 끼고 미끄럼을 타듯이
그녀가
가을이 저무는 무쇠의 숲에 사뿐히
웃음을 피우려 내려왔어요.
무지개를 키운 건 삼백예순날 고단한 여름이었음을
가을이 저리 곱게 말하잖아요.
무지개가 사람의 숲에 내려왔어요.
고공의 죽음에서 낮은 생명의 땅으로
낙엽 지는 가을이 내려왔어요.
저물어 가는 가을
사람의 숲에…

송가頌歌

백지를 앞에 두고
아직 발아하지 않는 시혼을 틔울 방도가 없어
답답해 할 때
귀에 익은 목소리가 들려옵니다.
사랑해야 합니다.
거리를 거닐다가 우연히 만나는 첫눈 때문에
눈물 글썽거리는 이유를 묻자
지나간 시간들이
은종으로 소리를 내며 흩날립니다.
사랑해야 합니다.
바람 부는 산책길에서 목을 휘감는
부드러운 목도리의 손길에서
성탄절을 맞는 대형 매장의 선물꾸러미에서
강시가 된 몇 마리 생선 위에 쌓이는 눈발에서
완전무장한 노점상의 삶을 무장해제 시키는
겨울의 전령들에서
철모르는 자식의 철 타령에 혼이 나간
홀어미의 하얀 피눈물에서
또 한 이랑의 세밑 허무를 비다듬는
노인의 갈퀴손에서, 그래도
잊지 말아야 할 노래를 듣습니다.
사랑해야 합니다.

청소본능

내게는 청소본능이 있다.
내 손톱의 해안선까지 가서 출렁대는 파도의 성가심까지
네 발톱의 지평선까지 가서 노닥거리는 노동의 무심함까지
일거에 모조리 쏵~ 쓸어버리고 잘라내야 가위질이 멈추는
결벽증이 있다. 깨끗이 콤플렉스가…

20111104일 영국 일간 텔레그래프는 이달 초 독일 도르트문트 오스트발 미술관에 전시 중이었던 현대 미술작가 마르틴 키펜베르거의 설치 예술 '천장에서 물이 떨어지기 시작할 때(When It Starts Dripping From The Ceilings)' (69만 파운드—약 12억 원짜리)의 일부인 '얼룩'이 독일 한 여성 청소부에 의해 깨끗이 닦여졌다고 보도했다. 작가가 물방울로 인한 변색을 표현하려 일부러 칠한 얼룩일망정 청소부에겐 그저 닦아내야 할 오물일 뿐이었다.

죄 없는 설치 예술도 얼룩이요 오물이라면
깨끗 청소를 하고야마는
그녀의 정신은 거룩하시다. 사초史草의 영혼이시다.
나라의 천장에 구멍이 뚫린 역사의 누수로 인한 얼룩을 닦아낸
그녀는 국민청소부시다.

얼룩으로 동상을 만드는 나라도 있다. 더러워진 걸레로 역사를

교과서를 닦는 나라도 있음을,
누더기 만신창이 식민지 적산가옥헌집에 불멸의 기념관을 세우는
허수아비집이 늘어나는 나날

내 수평선은 지랄 발광하듯 풍랑이 일거나
내 지평선은 갑오년의 들불을 맞은 듯
아지랑이 부글거리며
속을 끓인다.

닦을 것 닦아내지 못하고, 쓸어버릴 것
쓸어내지 못하여
깎아내고 잘라버려야 할 것들로 넘쳐나는 집
깔끔이 청소가 그리운 나날이 있다.

날밤

날밤을 밝혀 날밤을 깎아 보라
하얀 밤이 어떻게 제 살을 깎아내는지
불면증이 사각거리며
손톱 밑을 아릿하게 파고들 것이니

떠나보낸 첫사랑이 풋풋한 겉껍질이었다면
벗겨내야 비로소 만나는 속살,
아침들이 말갛게 떠오르지 않던가?

모든 차오름이
아직 물들지 않은 고백일 수 있는 날
밤들도 그렇게 하얗게 자신을 채웠으리니

단단했을 지조의 심층을 벗어나
먼동이 트며 드러나는 회한의 한 언덕
그 짙은 어둠이 벗겨질 때마다
아린 손톱은 반달을 지우곤 했으니

어둡지 않은 밤이 어디 있으랴만
풋밤의 겉껍질을 밤새 벗기노라면
불투명한 보호색으로는 사랑할 수 없다는 것을…

하얀 밤의 속껍질을 밤새 밝혀내어
탱탱하게 문맥을 다듬어내노라면
입안에 툭툭 터지는 질감으로
저, 생밤의 시가 문득 새벽을 두드리는 소리
아득하고 막막하구나.

날치기

민의는 항상 전당에서 길을 잃는다
대리석 돌에 사람의 손으로 새긴 별자리나
혹은, 피의 흔적 같은 암벽화 사람들
대의정치의 본산에도
청정하지 못한 소나무는 자란다
남산 위에서
또는, 세 치 혀로 중동이 잘린 채로
태산을 무너뜨린 태풍의 길을 막지 말라
침묵하다 monsoon이 오면
矛盾 같은 일회용들
뿌리마저 뽑힐 것이니!
분노하며 반도로 상륙한 바람의 자식들
가로막지 말라, 그 어디에도
남이지닌돈이나물건따위를잽싸게 빼앗아달아나는짓
─을 용납하지 않는 계절은 있나니
한글학회 우리말큰사전이 통곡하듯이
용문사은행나무가 괜히 우는 것이 아니다
듣보지 못할 뿐이다.
문맹은 노랗게 물들어 떨어지는 말의 낙엽마저
분간하지 못하는 색맹일 뿐
저기 마른 풀을 덮고 잠든 시간의 무덤 위엔

항상 혜성의 꼬리들이 경을 읽는다
쉬지 않고 들려주는 경전
낮은 강 언덕의 배웅을 받으며 흘러가는
푸른 강물 위에
지지 않는 별이 돋는다

하루

경계는 찾기보다 긋기가 쉽다
느린 아침을 열어보면 안다
누군가를 그리워하는 것과
미워하는 것의 붉은 선을 어떻게 찾을 수 있겠는가?
그래서 나는 그냥
야밤이 새벽으로 가는 길을 뻔히 목도하면서
아침을 앞에 두고 붉은 선을 긋는다
선 안에서 흘렸던 사유를 보내고
느리게 오는 아침에는
붉은 곰과 함께 동굴로 간다
아무리 폰을 때려도
순간에 목을 매는 절망처럼
우리는 아무 그리움도 건질 것은 없다
만년설이 평면으로 펼쳐진 날들
데굴데굴 굴러도 닿을 곳 없는
설원으로 간다
그리움이 깨소금꽃으로 팡팡 터지는
뒷날을 뒤에 두면 그만이다
지난날들의 전원에는 반드시 앞날이 있는 것일까?
야산일지라도 숨 가쁘게 오르다보면
날밤을 하얗게 말아내고 나면

안즉 시험 끝나지 않은 순백의 영토가
양장본 서책처럼 열리기를 기다릴까?
밀린 드라마를 부유하게 사들이는
여러 날의 호사처럼…
오늘 하루 함박눈이 내린다

눈을 쓸며

아침 문간에 눈이 쌓였다.
눈은 밤새 야금야금 어둠을 헐어내어
세상에나,
이렇게나 천지를 개벽할 수 있다니!

어둠의 하얀 잔해 위에
아침은 또 다른 밤을 미혼모처럼 업둥이를 놓고 갔다.

지독한 잉크냄새, 아닌 피비린내라니,
한 잎 무게로도
세상은 충분히 절망할 수 있는 넓이

어둠을 허물어 세상을 덮는 눈도
밤을 밝혀 세상을 드러내는 빛도
일상의 문간에서는 서로 낯선 얼굴들

이방인의 언어로
인사마저 건넬 수 없는 버려진 아이들이다.

그저, 미끄러지지 않을 만큼 길을 내며,
꼭 그만한 빗자루로

뉴스를 쓸며
내 안에 버려진 업둥이 언어도 함께
양지로 쓸어내기로 했다.

2012_느티나무 아래 눕다

겨울새

나목에도 눈꽃이 핀다,
저 시린 허기

꽃을 쪼아 기억을 벗길 때마다
만년설이 흘리는 피를 본다,

저 시린 눈사태
볼 것을 보지 못하는 눈
사태가 나도 들을 수 없으리.

침묵하며 쏟아지노라면
퇴화된 날개의 자리
어느덧
오선의 가지마다 온음표로 날아 앉는 소리,

새는 울어
존재를 증명하지 않으리.

정박 碇泊

이제는
바닷바람에 찢긴 돛을 거두고
네가 나의 염려 안에 닻을 내려야 한다

참 무던한 항해였구나
거친 파도보다 더 거칠었음으로 거쳐 오지 않았던가

절망도 깊어지면 검푸른 수심이 되는 줄

함부로 명패를 달지 않았을망정
빛바랜 청춘에게도 영혼은 푸르다

없던 길이 길을 만들어
마침내, 어둠도 별빛을 만나 마중 받지 않던가

그러므로 무슨 꿈인들 날개를 접지 못하랴
작은 배 곁에서 작은 숨을 쉬듯이

波浪도 반역도 없는 해저로부터
잠들어도 좋을 휴식은 출렁임으로 오고야 말 것이다

그럴 때마다 발이 묶인 항로는
갈맷빛 날개를 펴서 수심 깊은 바다가 될 것이다
푸른 영혼을 호흡할 것이다

네가 나의 걱정 안에 닻을 내리는 동안
작은 배가 숨을 고른다
이제는

깨득

김치 하나 제대로 담그지 못한다며
김치 속처럼 갖가지 염려로 새빨갛게 버무려진 엄마손맛이
친정나들이 나온 딸년에게 지청구한다

으이구, 여즉 뭐 했누?
깨득하지 몬하고…

깨달아 익숙하게 습득하지 못했다는
살림살이가 손맛살림으로 맛이 난다는
먹거리道에 기초한, 밉지 않은 자책이지만

듣는 客은 그렇게 들리지 않는다, 마침 呑盧錄*을 마주하며
세상 옹기그릇에 생각의 김치를 담그고 있던 터였던지

출세간의 고승께서
속세간의 우매한 식치에게
看話禪** 한 자락을,
무취무색의 깃발을 내거시는 것으로 들렸다

하긴 오방색 맛깔로 길들여져
장맛이 들만큼 든 내 육신마저도

펄럭이는 색깔이 없이는 깃발을 바람으로만 읽으려 하다니

默照禪***으로는
세상조리법을 익혀 맛깔스런 생각마저 담그지 못할 것을

득도는 고사하고
먹은 만큼 숨 고르게 쉬지 못하노라면
내 몸뚱아리도
엄동설한에 장독 깨지듯 그렇게 깨뜨리지 몬할 것을, 비로소
깨득하다니

*『탄허록呑虛錄』: 탄허(1913~1983)스님의 저서
**간화선看話禪: 화두(話頭)를 가지고 참선하는 방법
***묵조선默照禪: 화두 없이 고요히 앉아 참선하는 방법

폐吠

봄이 산 너머에서 머뭇거리며 컹컹 짖어대자, 매화도
벙긋거리며 흉내를 낸다. 아직은 아니다, 아니다.

드나들던 자연교실에서 외우고 또 받아써 온 내공으로
짖을 때마다 어둠을 털어내려 하지만
보이는 소리 크다, 천지간에…

보이는 것들은 무섭지 않다, 보이는 것들을 비추는 광고탑처럼
보이는 길들이 잦아드는 종점
보이는 꽃들이 떨어지는 낙점
보이는 것들은 보이는 방식으로 잦아들거나 떨어지면 그만이다.

모처럼 선명한 두려움을 보았다, 빈 집
봄마저 출입을 삼가는 한적한 농가
대문간에 묶인 黃狗는 지킬 것 없는 자신을 컹컹 짖어댔다.
지축이 울린다.
자신의 두려움이 저리 무거울 수도 있구나, 천지간에…

끝자리에서 이어지는 평행선처럼
떨어지는 자리마다 꽃을 피우는 씨앗들처럼

보이는 방식으로 나는 나를 짖을 것이다. 두려움이
보이는 그 자리까지, 소리의 그루터기까지
자신의 허물에 묶인 풍월을 읊는 황구를 조문하듯이
천지간에 나는
나를 짖을 것이다.

항해

섬으로 떠 있는 화물선 곁을
海潮音 가득 실은 어선이 지나가고 있다.

얼마나 네 복심에
내 가난한 어획량을 채워야
섬으로 머문 외로움이 출항할 수 있을까?

어제 했던 약속들이
모래섬 너머로 사라져간 낙조였듯이

갈매기 울음날개에 얹힌 오늘이,
무거운 섬에 날아 앉고야 말 것이다.

그럴 때마다
우리는 잊지 않고 목쉰 뱃고동 소리에 맞춰
낯선 사랑을 약속할 것이고

익숙한 魚信을 따라 그물을 던졌지만
작업일지에는 빈칸이 너무 많았다.

그럴 때마다, 우리는

파랑주의보 그칠 날 없는
노란 기상도를 그려 넣을 것이다.

뱃고동 소리로 떠올라
귀뚜라미 시보와 함께 수명을 다하는
변덕 많은 일기예보와 함께

철썩거리는 파도를 실은
내 일상의 어선은
낙조에 물든 화물선 곁을 지나가고

꽝꽝나무는 왜 꽝꽝거리며 울까요

꽝꽝나무는 제 잎을 불에 태우면
작은 포탄이라도 터지듯이 꽝꽝거리며 운다
했습니다. 왜 하필 무슨 포원이 그리 많아 꽝꽝거리고 울어서
꽝꽝거리는 폭음을 내며 대포를
쏘아댈까요?

조조의 맏아들 조비는 동생 조식의 시재가 샘이 나
일곱걸음시[七步詩]와 목숨을 바꾸라 명하자
죽기 싫은 조식은 이렇게 소리쳤다
했습니다. 콩대를 태워서 콩을 삶으니 가마솥의 콩이 우는구나. 본디
같은 뿌리에서 태어났건만 어찌 이다지도 급히 삶아대는고?*
뜨거운 시가 차가운 부끄러움을 가르쳤다
했습니다, 콩 삶는 콩대를 꾸짖었다
했습니다.

四柱에는 형제에 해당하는 비견比肩과 겁재劫財가 있다
했습니다. 비견은 어깨를 나란히 한다는 것으로 힘이 약할 때는 형제
가 서로 돕는 관계에 있지만, 물려받을 재산이 있을 때는 겁재가 되어
서로 다투는 관계가 된다
했습니다. 꼭 재벌들이 좋아하는 쌈박질을 보는듯하여 섬뜩합니다.
여기 아닌보살 시를 쓰는

자칭 시인이여, 혹은 불세출의 超人이여

재벌들뿐일까요?

전라도 땅에 뿌리내린 천연기념물들**

왜 저들은 변산반도국립공원내에 함께 모여 굉음으로

소리칠까요? 꽝꽝나무는 속 터지는 일이 있을 때마다 스스로 꽝꽝거

리며 터지는 포탄이 된다지만

호랑가시나무는 저를 찌르는 가시처럼 포효라도 하는

걸까요? 후박나무라고 때 아닌 우박을 맞아도

좋아라만 할까요? 미선나무는…

왜 저들은 골 깊은 전라도 가슴팍 내변산골짜기에 함께 모여

참빗나무 빗살무늬로

생각 많은 머릿결을 비다듬고

있을까요, 왜 저리 저들끼리 가슴 허물어 하나 되려 할까요?

* [원시] 煮豆燃豆其/ 豆在釜中泣/ 本是同根生/ 相煎何太急
**부안변산반도내변산은 천연기념물 꽝꽝나무(제124호), 호랑가시나무(제122호), 후박나무(제
  123호), 미선나무나무(제370호) 등의 군락지다.

새벽의 색채

길고 추운 외투자락 끝에
사각거리며 안부를 묻는다.

점령군의 전리품이 아닌 것처럼
오고야마는 이별의 처음이
아픔인 줄 몰랐던 철부지로
그리움은 그렇게 온다.

잠시, 오래 묵혀두었으나
주소 없이도 찾아오는 계절처럼
봄처럼
무색투명하다 찾아가는 우편번호

사람나무에 닿아
연초록 피톤치드로 피어나는
아무 것도 아니면서 전부인 생명들

기쁨의 꽃잎에 날아 앉던 나비숨결
무채의 살, 그리움은
잠시, 오래 묵혀 두었으나
상하지 않고 새싹으로 피어날 것이다.

그리움이 굴절하는 순간마다
나를 에워싸는 피톤치드!

일상의 폭포 속으로 한 발 옮기는 순간
숲을 잃은 나무들처럼
나의 그리움은 거리로 떠날 것이다.

하루를 일생으로 피워보라.
죽음보다 깊이, 빛을 점령하듯이
날마다 이별하는 어둠처럼

그래서
사랑은 새벽 미명의 전야고
죽은 어둠의 미래다.

나무

나무들은 행적을 숨기지
않는다. 뿌리가 넓힌 영토와 밟은 길들
실금으로 새겨 손금을 놓는다.

누구든지
폭력이 다녀간 전력이 궁금하거든
폐쇄회로에 담긴 떡잎무늬부터
구름 예보나
가슴 때리던 소나기까지
새들의 자유를 떠받쳐주느라 출렁~
이지 않는 저 무명의 그루터기
그의 밑동이 되어 보라.

보인다.
받은 아픔과 갚아야 할 복수가
한 잎바늘 솔잎만큼도 다르지 않아
나무는
언제나 빈손이되 또한 가득하나니

가지 끝이 그린 지하수의 길도
잎의 무늬가 놓은

봄의 색깔과 단풍물감도
저를 베어 넘기지 않고서는
결코 무참한 세월을 징처럼 울지 않는다.

추운 청춘

겨울은 춥다
김이 나는 가난은 더 춥다
신시가지 고층아파트 거리 모퉁이에 차린
비닐천막 둘러친 봉고트럭에 앉아
김나는 순대를 파느라 헛김 쓰는
젊음도 춥긴 춥다
김씨고 선우라 했다
착한 친구들 씨가 말라가는 겨울거리
어쩌자고 이름마저 그의 눈망울을 닮아
그리 맑기만 한 것이냐,
맑으면 다냐?
水至淸則無魚 人至察則無徒
흐린 삼급수 물속에서도
얼어붙은 강물에 몸을 담그고도
살아남아야 하느니라.
그의 종교는 이미 경전을 태워
불심을 지필뿐이다.
어느 한파에도 청정수는 얼어붙을 뿐
고층에 묻힌 안락을 끌어내리진 못한다
한파 몰아칠수록 김이 나는 가마솥
세상의 순대를 삶아

순대보다 긴 허기를 메우느라 김이 나는
김선우!
그의 맑은 눈길에서도 지치지 않고 김이 난다.
쉬~잇! 쉬~잇!
가스등불만 홀로 우는 겨울거리
우는 건 청춘이 아니다
춥지 않은 겨울 없듯이
겨울거리, 김이 나는 청춘도 춥다.

헌법

이다
우리 둘째 손녀딸이다
첫 생일을 코앞에 두고 있어
말을 배우느라 못하는 말이 없다
뒤뚱거리며 말길 걷느라
듣지 못하는 소릿길도 없으리라
말 잘하는 언니가 하는 말
귀를 쫑긋 세상에 세우는 안테나
별빛으로 수신하느라 반짝이는 눈동자
그러고는 저를 말한다.
아다다다 어루루루 지다다다
그러고는 입보다 손짓도 말한다
그 생각 너머의 구름도 불러오고
구름이 짜놓은 그물에 담을 물결도
그려 넣으리라
틀 지워지지 않은 처음
생각의 물길
누가 있어 댐을 놓을 수 있으리
없다, 아무 데도, 누구도 없다
없어야 한다
하늘 길에 빨간 신호등 켜두지 않은

새들 저 무한 비상처럼
지심 깊이 허무를 내리지 않는 뿌리
깊은 나무처럼,
두 살에서 세 살을 건너가는
우리 둘째 손녀딸 이다처럼
모든 물길은 말길이 곧 살길
이다

風雪

돌아서라
쫓겨 가지 말고,
그냥
마주서 돌팔매의 과녁이 되어라
지난겨울에 내린
참혹한 낭설에 그리 휘둘리지 마라
너 아닌 풍문도
숨을 죽이리니
바람의 속살로 어루만지는 생각의 끝가지
나 아닌 적설마저
자리를 내주리니
햇살 작살이 당도하는 얼음 옷에도
텃새들 미풍의 날갯짓으로
마침내
무너지고야 마는
견고한 성채일수록 굳은 관절이 아니더냐?

오리

중화산동미나리꽝도 옛말이어서 모악산 나들목 中仁里쯤 지나야
허리까지 차오르는 물을 헤치고 새파란 물질로 수확하는
겨울을 만날 수 있다네.

금강하구 드넓은 저들의 피난처 말고
청산가리 볍씨 주워 먹다 피 토하고 날지 못하는 들녘 피해서
날아든 곳

소음이 자리 비운 은파유원지에도 물구나무서서 지구를 들어 올리는
겨울은 있다네.

말들의 그물로 청산가리를 놓거나 온난한 겨울로 사철채소를 가꾸는
욕망의 피난처 도시—
불시착한 부동의 항구에서

나 역시
겨울호수에 내려앉아 냉가슴 앓는 물질하듯이

날갯짓 부실한 겨울 사유와 물갈퀴 걸음으로 걸어가는 거울호수에서
자꾸만 차가워지는 가슴으로 지구의 밑바닥까지 물구나무서서
겨울거울을 들여다본다네.

팔손이를 심으며

손이 여러 개 있는 아침이
기지개를 켠다.
봄은 버얼써 동구 밖에서 서성이다
안녕하세요?
쌀쌀한 눈웃음으로 창문을 두드리며 성큼 발길을 디밀다.
겨우 내내
닫혀 있던 나의 안부도 커튼을 열어볼까?
그리곤 먼지 앉은 턴테이블에
푹신해진 대지를 모종삽으로 떠서
조심스럽게 퍼 담는다.
일상의 테이블에 초록 음악을 앉히듯이,
앉히노라면
그리 멀지 않은 공원에서
즐거운 노래도 슬프게만 연주하는
새들 떠나가리라.
동박새 울어도
봄날은
대지를 밟고 오는 싱그러운 음표를 나부끼며
마중하리라, 푸른 얼굴로
혹은 현악을 압도하는 탬버린 고음으로
항상 불협화음에서 멈칫거리며

음정을 고르는 우정!
간신히 붙잡은 몇 개의 음역에서
손이 여러 개인 자유처럼, 自生地를
마침내 찾아가고야 말 것이다.

봄맞이

새 한 마리가
여러 음정으로 말을 한다.
아직 헐벗은 채로 있는 나목의 가지에서

벤치에 앉은 늙은 觀望을 무시하듯이
두 음절
두 옥타브를 건너다니며 두리번거리며 찾는 것

어디선가 미약하나마 봄바람 응답
들리는 듯하다, 여기는 순간
새는, 새로 보면 언제나 다급하다.

네 음절 세 옥타브를 건너다니며
분주하게 응전한다.
늦은 觀照처럼 한가할 수 있으랴, 생명인데

하늘 길 어디 있어
제 몸뚱이만한 비행이 나목의 가지를 맴도는 순간
새는,
세 음절 한 옥타브 안에서 노래를 부른다.

나는 너를 사랑한다.
나는 너를 사랑한다.

언덕마다 시든 잔디를 헤치고 돋아나는 것들
관조의 향기이거나
관망의 시간 부스러기를 찾아
대지를 칼집 내는 아낙도 햇볕바라기를 하는구나.

겨울잠바

산채로
앞가슴 털을 뽑히며 울부짖는 거위울음을 들은 아침
나는
동네 어귀에 놓인 상자에 따뜻한 불편을 던졌다.

전쟁바람에
지붕마저 날아간 빈 집, 어미는
여섯 짐승들에게 앞가슴을 쥐어뜯겼으리라.

겨울을 이기려
겨울을 산채로 뜯어먹는 잔인한 식성이라니!

보채는 아기울음에
머늘아기, 모유수급실로 종종걸음을 놓는구나.
부드러운 아픔이 항상 겨울을 덥힌다.

삽목 插木

집안에서 키워오던 열대관상수 가지가 무성하다. 그 중 한 가지를
잘라 대지의 배꼽에 꽂았다.

전정가위로 아무렇지도 않게 자르는데
아무렇지도 않은 게 아니었다.

잘린 자리에서 솟아나던 하얀 진액,
자른 가윗날에 아픈 망설임이 찐득하게 묻어났다.

그렇게 두어 달이 지나자
하얗게 질렸을 가지들이 파르랗게 숨을 쉬었다.

회식모임 식당에서 고종사촌제수씨와 조우했다. 그녀는 越族이다.
아우와 결혼하여 낯선 땅에서 노동으로 가난을 차렸다.

눈물자국에는 파르랗게 숨을 쉬는 새싹이,
아무렇지도 않은 게 아닌 단절의 자리에서 태어났다.

대지는 약손을 숨기고 있음에 틀림없다.
아무렇지도 않은 게 아닌 상처마다 붕대를 감아준다.

홍매紅梅
— 전북 남원시 대강면 「강석리양민학살위령비」 앞에서

눈물도 얼면 꽃을 피우나 보다.
붉게—
겨울이 아직 찬바람 속에 남아있는 지리산 자락에서
붉은 울음이 붉게 우는 소리를 들었다.

한 날 한 시에 태어나지 않은 꽃들인데
한 날 한 시에 불길에 휩싸인 사람꽃
전쟁은
꽃마저 한 날 한 시에 따발총소리 요란하게 기습해 온다.

세상은 죽이는 자와
죽는 자가 있는 것이 아니다.
아니다.
자기를 죽이는 자와 죽은 자기가 있을 뿐이다.
죽음은 모두에게 어두운 낙화다.

저 붉게 우는 울음꽃을 보아라.
어디에 지우는 꽃과 지우게 하는 꽃이 있더냐

학살된 양민 때문에
붉은 울음은 학살되지 않는 붉은 울음꽃으로 다시 핀다.

산에 들에
얼어붙은 시대의 어둠이 붉은 울음꽃으로
개화한다.

봄볕

눈을 감고 보면 보인다
햇살이 그러는 게 아니다
바람이 그러는 게 아니다

사랑할 줄 아는 봄이었음을
네 짓이었음을,
손잡고 나들이하는 어여쁜 심술이었음을

천 년이 세운 돌탑이 노란 금잔디 위에 자빠지더니
천연덕스럽게 파란 이야기로 돋아나질 않나

새하얀 눈사람으로, 눈사람의 안사람으로
기다란 벤치에 보료를 깔고 눕던 쓸쓸이
기다림 끝자락에 졸음마저 오질 않나

나뭇가지 안테나마다 웃음조차 잃은 줄 알았더니
가는 곳 몰라 흘려보내던 샘물
찬 물 솟아나던 화덕마저 다시 노랠 부르지 않나

삼박자 정형률로 저리 짝을 찾는구나
분주한 춤사위로 날아가

메마른 가지마다 인사하는 입맞춤에
연둣빛 음표들이 저리 소리샘이 되는구나

미움 풀어낸 바람이 그러는 게 아니다
구름 벗어난 햇살이 그러는 게 아니다
감은 눈 뜨고 보면 안다

라일락꽃향기에 붙임

지인이,
그저 시냇물 건너오시는 안부로 알고 있는
어느 봄날이

환장하게 뭐 한다는 말도
조금도 에누리 없이 어여쁘신 그런 날이

새 새끼들 마냥, 노란 병아리들 마냥
갓난아이 고사리손으로 어디고 들쑤시며 어루만지며
해님이, 해님이 보내신 천수관음보살님이

개나리며 철쭉, 혹은 그 아래 애기똥풀이며 현호색이며
하다못해 별꽃자리들마저도
즐거이 이 땅에 내려오시어 해사하게 웃음 짓는
그런 날이

그러므로
절망으로 이울어도 좋을 꽃은, 피우기도 전에 지울
보랏빛 향기는
이 땅에는 없다는 것을, 뿌리내린 사람꽃나무에게도

春心 면사포를 쓰신 봄님이
가슴 가득 보랏빛 안부를 안고 찾아오시다니
봄바람에 실어 오시다니, 벗님이
수수꽃다리 봄님이

품삯

돈을 받고 하면 일이 되고
돈을 내고 하면 놀이가 된다

아무리 많이 주어도
적게 드려서 미안해하는 손길도 있듯이
아무리 적게 받아도
많이 받아서 몸 둘 바를 모르는
산새 들새 위장도, 있긴 있어야 한다

포도수확 철을 맞아 농장주인은 동이 트자마자 인력시장으로 향했다. 품을 팔러 나온 사람들로 넘쳐나는 중에서 농장주인은 새벽에 한 사람, 아침에 한 사람, 정오에 한 사람, 오후에 한 사람, 저녁 다섯 시쯤 한 사람, 모두 다섯 사람을 구해 일하게 했다. 그날 해가 저물자 주인은 온종일 일한 사람이나 저녁때 잠깐 일한 사람이나 구별 없이 똑같이 1데나리온씩 품삯을 지급했다. 그러자 일꾼들은 한 시간밖에 일하지 않은 사람이나 온종일 뙤약볕 아래서 수고한 우리나 똑같이 취급한다고 불평했다. 이에 농장주인은 친구에게 하듯이 한 데나리온씩 주기로 한 약속을 지켰을 뿐이니 자기는 아무 잘못이 없다고 말했다.
(「신약성서 마태복음 20장」에서)

노동이건 유희건

많은 수고로움이건, 적은 즐거움이건
품은 사람을 안아드리는 가슴의 깊이이고
삯은 조개무덤*을 셈하는 눈뜬장님의 계산일뿐이다
문맹일 뿐이다

*조개무덤: 화폐(貨幣) 패물(貝物) 패물(佩物)—조가비무덤 패

마실 나간 길

복사꽃이 고요하게 향기롭던 날
고샅길엔,
소문난 연애편지처럼 연분홍 봄날 흐드러졌지

한 떨기 소리등 불 밝힌 복사꽃나무
윙윙거릴수록 고요하기만 하던
이상하던 동네, 의 계절

꽃등 밝힌 골목 안 행랑채 안집
철부지에게도
전쟁은 여적 행방불명인 채 여름이 오지 않았지

누님의 동생에게 찾아온 가을처럼
아우의 누님에게도
인생길엔 서리골 깊어지는 길목

어쩌자고, 봄은
그리 연분홍으로 젊어지기만 하는 것이냐
아버지 고행처럼 서럽기만 한 것이냐

바닷가에서

밀물처럼 찾아온다던
낭보는, 갯벌에서 시름없이 조개를 줍고 있다
끝내 보자기조차 풀어놓지 않은 채

어디에서 찾아야 할까
찾고야 말겠다는, 만나고야 말겠다는

딱 한 곡 교향시나,
딱 한 사람을 앉힐 풍경화를 그리는 동안

먼 곳의 소식처럼
갈매기 몇 마리 오다 날다 가다

그의 말간 날개깃에
내 흐린 기상도를 타전하리라

삶은 약속대로만 약속되지 않는다
자기 안의 내가 그러듯이

찰랑거림이 은밀함이 아니라
바다, 적나라한 일상임을…
날 수 없어, 날고 싶을 때마다 난다

낯선 곳에서 시를 만나다
— 강화도 「가족팬션」에서

바다가 앞마당인 집에서

시를 쓰는 일이 일생에 몇 번이나 있을까?

찰랑거리던 이야기들이 모두

늦잠을 자고 있는 동안

엉클어진 머리를 비다듬고 나무의자에서 이슬을 닦아내고

조심스럽게 나를 앉혀둔다.

이것만으로 시가 될 수 있다면

그런 그림만으로도 좋을…

생명은 그렇게 무거운 짐을 요구하지 않는다.

~고 쓰려는데 인생이 생명에서 거치적거리며

한참 물러난 바다의 앞자락이

조금씩 꿈틀거린다. 또 다른 동작을 시작한다.

그럴 것이다.

잠시도 멈출 수 없는 것들의 식욕과

머물러 쉬어야만 보이는

고른 호흡이

어찌 아직 오지 않고, 먼 바다에 머물러 있는가.

그럼에도 밀물의 앞이마를 짚었다

할 수 있는가, 그래도 나는

서둘러 썰물로 갈 것이다. 쉬지 않는 출렁거림으로

비자나무숲 나무그늘까지 언제나 지각하는

나의 발길이 닿을 때까지
밀물의 뒷자락이 나를 버리기 전에
나는 썰물의 쓸쓸을 동무해도 좋으리라.
나의 무덤이
그들의 갈기였으면 좋겠다. 한 번도 불안을 잡아두지 않고
불안한 만큼 부딪혀 깨지는
물결의 갈기
편안한 동반을 어찌 꿈이나마 꿀 수 있을 것인가?
바닷새가 이른 비상을 默言修行하는 동안
그의 날개에 실린 햇살 역시 말없이
앞마당으로 날아오신다.
은빛날개마저 상투어가 아닌 모습으로
찾아오신다. 나의 시를 데리고

텃밭

봄이 자지러진 거리에 등장한 종묘상
푸른 꿈 공장에서 풍기는 파란 고소함이
허기진 나그네를 붙잡는다.

가지 모종 두 포기
오이 모종 다섯 포기
쌈채소라며, 모둠 이름을 가진 너는 어여쁘고 싱싱하고 가녀린 몸매
를 지녔다.
파란투구를 쓴 어린이 모종들은 나란히 줄을 맞추어
나를 반긴다.

공중에 거미집을 짓고 사는 처지에 일용할 양식은 전선을 타고 온다.
그래도 저 어여쁘고 싱싱하고 가녀린 몸매를 지닌 푸른 영혼을 만나면
나를 배양했던 흙의 감각을 추억해내는 머리 나쁜 땅강아지가 되려 한
다. 산란해도 기를 곳 없는 파란 알을 낳으려 한다. 天不生無祿之人 地
不長無名之草라 했던가. 낳고 보면 나머지는 하늘이 땅이 다 알아서 먹
여주고 이름 붙여 자라게 하겠지만…

한 뼘 스티로폼 밭에도 한 뼘의 햇볕이
든다. 한 타스의 바람자락이 놀러와 참 쉽게도 글을 쓴다.
맑은 해님이 한 모금의 생수를 마시듯

황혼이 기웃할 때
한 잔의 그리움으로 푸르른 날을 푸르게 취하듯

나에게 녹을 주고 이름 불러줬던 흙냄새를 방위하려
비만의 여백에
푸른 군대의 연병장을 일군다.

안 그래야지 하면서도

사랑아~!
안 그래야지 하면서도 끝내는…
돌아서 홀로 가는 뒷모습이 서러워
그냥 달을 보고 울부짖는
서러운 회색늑대의 헛기침이었음을
나는 알아요, 알고 있어요
그러니
서릿발 밟고 가며 맨발로 울지는 말아요!

사랑아~!
안 그래야지 하면서도 끝내는…
들풀 가득한 벅찬 광야가 두려워
홀로 밭을 갈며 씨를 뿌리는
외로운 조랑말의 힘겨운 한숨이었음을
나는 알아요, 알고 있어요
그러니
새벽 강물 건너가며 흐느끼진 말아요!

사랑아~!
안 그래야지 하면서도 끝내는…
망설이는 달그림자 뒷모습이 애틋해

어둠을 벗겨내는 머슴새의 오열이었음을
나는 알아요, 알고 있어요
그러니
연둣빛 이파리로 바람에 흔들리진 말아요!

사랑아~!
안 그래야지 하면서도 끝내는…
빈들에 넘치도록 초승 등불을 밝히시고
그믐달 창문마저 손수 닦아 여시는 줄을
나는 알아요, 알고 있어요
그러니
가득해도 이울지 않는 보름달로만 살아요!

까치의 말

무지개를 키우느라 바쁜 쌈지공원에
경계경보가 발령되었다

흑백의 날개를 달지 않은 말들
비행을 금한다

먹이를 노리는 무리에게 쏟아 붓는 직선비행
악담하듯 검은 피를 토하는 것도

수군대는 기압골에 접근하는 저공비행
잡새들을 차단하는 경계도

흑백의 깃으로 가십거리를 뿌려대는
고단한 곡예비행

성근 둥지에서
알찬 알을 낳는 암수
화약 냄새 없는 연서를 쓰느라 한철 분주하다

아무에게도 날아가지 않아
누구에게도 상처가 되지 않는 포악한 전쟁

연초록 병풍을 두른 무지개나무
흑백의 새알마저 托卵하느라
한 세상 내내 침묵으로 반짝인다

푸른 벌레

케일 몇 포기를 손바닥에 심었다
날마다 손금을 보는데
재미가 쏠쏠하다

하늘 파란 기운이 뻗치는 날에는 양산이 되어
허기마저 그늘에 들게 하더니
궂은 심기 눈물 비치면
동글동글 은구슬 놀이하며 놀자한다
그래 그냥 놀자 한다

손바닥 놀이터는
지금 한창 구조조정 중이다

머리도몸통도다리도더듬이도캐터필러발도
파랑으로 무장한 장난감병정
새로이 손금을 긋거나 함정을 파며 논다

파랑병정이 파랑공사를 하는 동안
붉은 물감을 음모하는
손바닥의 머리

나는 밤새 한 마리 푸른 벌레
온몸에 붉은 화염을 쓰고 지옥으로 굴러 떨어지는,
손금에 새겨진 꿈길에서
죽다 깨다 죽다 …

가뭄잠*

谷神不死라 해서
산골짜기 물웅덩이에 죽지 않는 물귀신이라도 사나 했는데
물이 고이면 산천어 산 채로 유영을 즐기고
물이 바트면 허연 자갈밭에 不死한다던 물귀신마저
씨를 찾을 수 없지

그러다가 산 넘어온 먹구름 천둥 거느리고 계곡물 찾아오면
어느새 산천어 옅은 물 탓하지 않고
불사를 노닐곤 하더라니

지리산에 방생한 반달곰 역시
성가신 등산객 발길이나 겨울 잊은 미친 계절더위에
겨울잠도 잊고
곡신불사 겨울계곡을 헤집고 다니더라니

그러다가 잠도 잊고 집도 잃고 길마저 헤매는
곰이라니

총칼이 난무하는 전쟁놀이에도 죽었다 살아나는
사람저수지의 물고기
군홧발 최루탄에 콧물 눈물 흘리며 눈도 뜨지 못하면서도

인생저수지는 곡신불사

이제 또 다시
장마에 가뭄 걱정하지 않고 가뭄에 홍수나지 않아 안심하는
반역의 시절을 맞아
죽어도 죽지 않는 젖은 호흡으로
한 길 진창 밑에서 죽은 숨을 쉰다
가뭄잠에 든다

* 가뭄잠: 저수지나 계곡 등에 사는 물고기가 가뭄이 들어 물이 바트면 진창 밑에 몸을 숨기고 있
다가 물이 차면 다시 살아나는 동안 '가뭄잠' 을 잔다고 한다.

비손

전쟁굴뚝에서 청솔연기 나자
어머니는 새벽 정화수를 긷곤 했다

그때마다
우물가 벽오동나뭇잎에서 파란 달빛 먹고 자란 이슬
청상의 목덜미를 적시며 새벽은 그렇게
허기를 부려놓고 달아나곤 했다

마당에 깔린 어둠의 잔해를
찢어진 문틈으로 내어다보는 한기,
나는 자꾸만 작아지고 졸아들고 지워지고…

늦은 별똥별도
그렁그렁 나의 눈동자에서 두레박질을 했던가
遠雷 맞은 골목엔 봄꽃마저 떨어져버리고
싸리문은 밤낮으로 닫힐 줄을 몰랐다

떨어지는 별은 직선운동을 했다, 소망들도
우주의 시간에 맞추어
침묵만큼 무겁게 자신을 지워가는 나날

매운 연기 사라지자, 이젠
아무도 저를 지우려 하지 않는다
손이 발이 될 때까지
남을 지우면 지웠지, 저를 지우지는 않는다

낙화한 별꽃에서 소식이 올 때까지
절도 목례를 남기고 사라져갔다, 어둠 너머로

汽笛소리

한번 들어보시는 것만으로도
뿌연 서늘이 저기 달려오고야 말거예요
그악스러운 슬픔도
손이 시리게 찾아주는 매미의 계절
등줄기에 흘러내리는 소리골짜기
나는 울지 않는다, 않는다
흘러갈 뿐이다, 뿐이다
시간이 무덤을 파고, 파고
치~이~ㄱ, 칙~
매~애~ㅁ, 맴~
쓰~으~ㄹ, 쓸~
호박넝쿨이 푸른 철로를 깔며 달려가고
뭉게구름이 호박색 호청을 펴서 거둬가고
일관성의 끝에 있는 남녘간이역
그 다음 종착역에 이르고야 말 거예요
머뭇거리던 계절이
거기에서
누구라도 기다리듯이
뿌연 시야에 달려 들어오는 라라의 하얀 눈발
혹은 엇갈리는 운명의 닥터
나의 철마는 멈추지 않을 거예요

머뭇거림조차 없이
울음을 울지 않고 푸름을 펴듯이
시린 입김을 뿜어대며
산지사방으로 철길을 풀어놓을 뿐이어요

조장 鳥葬

마술사는 아무렇지도 않게
하양비둘기를
하양면사포 속에서 날려 보내곤 했다

나는 오늘 마술사가 날려 보냈을
숨죽인 비둘기를 검은 땅 속에 묻었다

발길에 차이며 길가의 외면을 받는 주검
목숨— 은 빛깔이다
묻음으로써 살려낼 수 있는 날개다

나는 오늘 한 마리 마술을 묻지만
만날 수 있으리라
언젠가는 검은 면사포 안에 묻힌 평화를

주검 가운데에서 살려내는 이는
묻힌 자 가운데서 가벼운 바위를 찾는 법
검은 땅에 묻힌 자들마다,
혹은 돌무덤에 갇힌 종교마다

나를 묻듯 너를 묻는다면
장마전선에 실려 오는 비의 씨앗이 눈을 떠
검은 땅에서 하양 날개마저 날아오르리라

자취

방금 남쪽 창가에 투피스날개로 날아왔다가
금방 은빛 향기만 남겨둔 채
사뿐히 날아가신 분
뉘시더라

알아요, 알고말고요
바로 당신,
허전한 옆구리 스치는 갈바람이었구려.

구름 벅벅 찢어서 창문을 내고
아침 붙들어 앉혀 저물녘까지
일기장 처마마다 풍경 달아놓으시는 분

낮에 나온 반달의 노를 저어가듯
서녘 노을에 걸린 그네를 밀게 하시더니

달빛 이랑마다 바람의 씨앗을 묻어
내 안에서 홀로 거하시더니
수평선 무른 키를 키우셨구려

알아요, 알고말고요
바로 당신,
내 문이 닫히기 전
서둘러 날개를 접으시는 나비였구려.

느티나무 아래 눕다

길을 걷다가 문득
어머니 무릎이 그리울 때가 있다
풀벌레들이 귀이지개를 들고
켜켜이 쌓인 귓밥을 헐어내는 날이나
안 보면 보고 싶고 보면 더 살고 싶은 날들
나뭇잎처럼 가볍다,
흔들린다

투정 부리는 아이처럼
가볍지 않은 행장을 부려두고
그냥 주저앉고 싶은 그늘
양지만 찾아다닌 운행이기보다는
찾아서 오솔길이며
녹음이 이끼처럼 더께 앉은 길만
길이라며
찾아서 오프로드를 달리기도 했다

길이 끝난 데서 길은 시작된다
몸의 형상기억은 언제나 음지에
나를 심었다

여름 논밭을 건너온 바람이
나를 더욱 깊게 초록무덤으로 묻어두자
내가 나무인지 나무가 나인지
그늘의 혈관을 타고 스멀스멀 잠의 키를 키우는
한낮!

장자의 나비가 나를 깨울 때까지
파란 가슴으로 계시는 어머니께서는
자랑하지 않아도 좋으실
아들의 시를
자분자분 바람결로 낭송하고 계셨다
문득!

거미

그물치기형거미가 느슨한 덫을 놓았다
붉지도 않은 경고등을 달고
사각의 모서리에 방사형 안테나와 함께

흰수염깡충거미나 낯표스라소니거미에게서
순교자의 종교를 찾을 수 없는 것처럼
포식의 유전자는 언제나 무성의 덫을 놓으리라
바동거리는 민낯의 그물을

도대체 어디에서 오는 것일까
무섭지도 않은 적의들

십대 손녀와 그의 어미
그보다 더 하얗게 바들거리는 나의 딸들
혹은 밤의 길을 모르는 나방들

부화되지 않는 두려움은
난생과 태생을 거치지 않은 처음부터
여덟 개의 발로 걸어가 덫을 놓을 뿐이다
오대양육대주에 징검징검 두루두루

ｗｗｗ. ｗｗｗ. ｗｗｗ. …

대낮마저 밀림이어서, 어둠마저 빛이어서
세계 全圖는 비명을 그린 포충망
어디선가 들려오는 딸들의 날갯소리

잠마저 빛을 내는 나의 밀실
방사형 그물에 갇힌 나방 한 마리

안드로메다의 행성에서 기다리고 있을
또 다른 나를 향해
뚜벅뚜벅 걸어가 또닥또닥 타전을 한다
바람마저 잡아들이는 그물을 친다.

새벽달

어둑한 창문을 열고, 은빛 기다림을 배웅하는 길은
가을이 빚은 숲길만큼 젖어 있다.

이토록 짧은 조우를 위해
그토록 멀고 험한 생의 바짓가랑이를 적셔왔던가

손가락을 걸듯이, 입맞춤을 걸고 체온을 나누며
소리를 내던 빛들이 함구하는 미명이라니

寂寞은 언제나
자신의 색깔로 세상의 언어를 풀어놓는다.

온누리교회 첨탑이 밤새 설교하던 빨강
휴먼시아 고층아파트의 불 꺼진 창문의 검정
우림중학교 시멘트의 견고한 실루엣이 가르치는 회색
외국종 히말라야시다 나무꼭대기에서 흔들리는 초록
돌아갈 채비로 분주한 공원 낙엽수의 겸손한 갈색

달이 퇴장하는 길목은
삶을 황금률로 분할한 인생캔버스

멀어져 가는 새벽고요의 숲에는
나를 배웅하는 젖은 길만이 허옇게 걸어가고 있다.

나무의 나이

800살 전나무 앞에서
늙어도 젊은 나무를 기념 촬영한다.

중동이 부러져 뭉툭하게 잘려나간
내 젊은 허파의 괴사도
시멘트를 두른 허리 아픈 보따리장사시절도
고목의 겨드랑이쯤에서 돋아나는 새순처럼
늦게 찾아온 사랑도

무엇이 찍혀 나오든
등고선 고르지 못했을 빛의 흔적조차 담지 못하리.

팔백년 뒤에 누군가 나의 발치에 찾아와
나의 불면이며 사철 흘린 땀이며 두려움 없이 피워내던 고백조차
몇 년의 눈빛으로 찍어낼 수 있을까.

참 못생긴 상처마저도 모욕마저도 기념이 되는
聖者의 세월 앞에
나이테 고르지 못한 백년 사람나무를 세우다니.

800살 전나무 아래서
젊어도 늙은 사람을 기념 촬영한다.

환절기 · 1

어둠이 허리를 굽혀 자리를 내주자
새벽은 불면하던 아침을
군말 없이 내려놓는다

주인 없는 벤치에 내려앉아
명상하는 나무처럼, 나뭇잎 문자들처럼
삼투압을 멈춘 일상도
서둘러 일광의 문을 닫으리라

어느 우편함에서 며칠째 시들어가는
나의 연서만이, 철을 잊은 듯
봉한 가슴 단추를 풀어줄 손길에 닿아

먼 날, 연둣빛 열림을
하얀 억새머리 흩날리며 기다릴 뿐이다

치자나무꽃

치자꽃 세월을 물들이며 사시는
여류시인에게서 편지가 왔다

잔디를 깎으니 자꾸 기분이 좋아진다고
치자나무에 꽃이 자꾸 피어쌌는다고

나무들도 불행은 자주 잊는 모양이다
늦은 태풍을 맞아 울지 않는 구월처럼

꼭두서니 옷깃 여민 시절 앞에
저리, 뜨거운 숨결이 숨어 있을 줄이야

젊음이 다 피고나면 또 다른 밤이어도
붉은 울음 늦은 웃음을 피우고야 말자

자꾸 기분이 좋아지듯 피는 꽃처럼
꼭두각시놀음이라도 빠지고야 말자

치자꽃 세월로 물이 드는 구월이 오면
수염 깎던 손길을 거두어 편지를 쓰자

산책길

새벽에
동네 쌈지공원에 다녀오다
내 삼지끈을 풀어놓고 왔다

잘 닦인 포장도로 위에 철凸로 놓인
웬 주먹차돌 하나
굽힌 허리가 주워 요凹를 채워주다

아무렇게나 자란 가시달린 장미넝쿨
행인에게서 멀어지게 길을 내주다

간밤 어느 주정꾼이 풀어놓았을
소화전의 입 벌린 뚜껑을
제 자리에 돌려주고 화풀이를 다독이다

누군가의 가슴이거나 정강이었던
쭈그러진 캔축구공도, 페트병족구공도
맨손이 주워 분리수거통에 안착시키다

그러고 보면
아침길이 활시위를 당기는 시작이 아니라
팽팽한 복수를 풀어놓는 때임을

길을 내는 법

강릉시 남대천 하구
날아오르는 외다리 왜가리
한 마리

동료들 공격을 견뎌내고
물고기사냥도 하고

저렇게 하늘로 통하는 다리를 놓다니
부러진 다리로 길을 잇다니

현대자동차 공장 철탑
다리 묶은 외다리 비정규직
한 사람

동료들 외면을 견뎌내고자
먹이사냥도 함께 하자고

저렇게 하늘 향한 철탑에 다리를 묶다니
묶인 다리로 길을 내다니

성묘

갓 불혹에
피안의 부름을 뿌리치지 못하신 어머니
풀밭에 누워 하늘을 벗 삼으신 지 오래다
아들이 부른 노래비에도
이제는 두터운 돌옷이 몇 계절을 피우고 있다
가뭇했을 아들의 아들의 아들이
얼룩무늬 제복으로 거수경례를 붙이는 동안
어머니는 우물보조개웃음으로
그래 네 이름이 뭐이더냐
항렬자가 ~健자더냐
물으시느라
앞산자락 알밤들이 알몸으로 툭툭 떨어지고 있다
세상의 열매들도 그렇게
영글어 토실한 결실로 떨어지기도 하고
혹은 미처 챙기지 못한 입성인 채
맨몸으로 툭툭 떨어지느라
비명조차 없는 계절을 하마 짐작이나 하실지
잘 닦인 도로에서
잘 닦이지 못한 시간을 줄기차게 밟아 찾아온
아들들 딸들, 딸의 딸들이
가을나비들 가을꽃에 앉는 모습을

고추잠자리 날개에 실려 가는 햇살모양,
바람모양 찾아 계실 어머니,
눈부신 설음마저 가을 땡볕에
노랗게 익어가고 있구나.

운동회하는 필통

양철로 만든 필통을 책보자기에 매고 달려가는
등하굣길
으레 코스모스가 재잘거리며 함께 달렸다

아무도
저들 명랑한 소란스러움이
웃음인지 울음소린지 분간하지 않았다

가을운동회 마당에서 유엔총회를 하던
만국기
다른 피부색과 민속의상으로 하늘에 수를 놓아도

아무도 저들 낯선 언어들의 주장이
통역해야 할 이념이거나 전쟁일 수 없었다

때로는 함께 있는 외로움이
홀로 피는 기쁨보다 화사하게 웃어대는
가을운동회

높푸른 가을하늘을 향한 콩주머니
팔매질에

숨은 사상이 낡은 필름처럼 풀려나곤 할지라도

아무도 의심하지 않던 地球儀의 꿈들이
코스모스꽃잎과 함께 드러나곤 했다.

물 안 새는 사이

청담青潭스님은
성철性徹스님과 도반道伴이시다

아버지 큰스님을 찾아온 청담스님의 여식,
열서너 살 여린 도반의 따님을
호랑이 앞에 새끼호랑이로 앉혀두신 성철스님
出家僧 되라 채근하시다

…너거 아부지하고 나하고는 물을 부어도 안 새는 사이다. 그러니 니
도 나를 믿거라… 청담스님 따님은 묘엄妙嚴스님으로 오묘한 화엄의 경
지를 펼쳐 보이시고 성철스님 따님 역시 불필不必스님으로 쓸모없음의
쓸모를 살아 보이셨다니 …어중간한 도반은 적보다 못하다… 아버지
큰스님 말씀으로 물샐 틈을 막아내신 철벽知音 들렸다

청천하늘에 무수한 별이 떨어지듯
눈에선 명태껍질이 벗겨져 나가고
귀에선 이끼 낀 잡음이 사라졌다

아비 되기도
자식 되기도 어려운 눈뜬장님 나그네에게
도반은 고사하고

적마저도 섬길 어중간하지 않은 우정으로
둑길 걷는 밤길마저 밝힐 수 없어
家出人 힘이 부치다

철벽금강경 한 억 겁은 쌓아야
물샐 틈 한 곳이나마 겨우 막을 수 있을까

격포에서

하섬[蝦島]으로 가던 바다가
새우등처럼 휘어진 곳에서
잠시 숨을 골랐다
몰래 잡은 손끝에서도
백합이며 바지락 첫사랑 숨바꼭질처럼
질감으로 왔을 개펄의 삶이 다가왔다
발을 뺄 수 없어
한 움큼 남은 자존의 질긴 당김
그보다 더 진득한 반전도 없으리라
슬픔 때문에 갈라진 적이 없는 바다가
내항, 마음 心 꼭짓점에서
잠시 고동치듯 망설였다.
파도는 노상 저를 버리고
넋두리하듯 외치기만 한다
가까워서, 너무 가까워서 멀기만 한 방파제
무너질 수 없는 경계에서 돌아설 때마다
다시는 갈맷빛 슬픔도 넘어올 수 없으리라
빨간 모자처럼 가물거리는
어선들의 뱃고동 소리가 가까워질 때마다
나의 어창에는
파닥거리던 은빛 생각들도 함께

얼음 알갱이로 남아
만선의 꿈을 접는 비극의 파국처럼,
슬픈 내장처럼 얼어붙을 것이다.

흰개미집

온 산에 불을 붙인 가을
내장산 내장사 단풍 든 부처님 집에도
밤불이 났다

희나리에는 집을 짓지 않는다*는
흰개미들
꼭 죽은 나무기둥 가슴 속에 業을 짓는다

생장작으론 불을 지펴도
썩은 法身으론 불을 지피지 않는다는
스님,
어쩌다 생식하던 몸마저 태우셨을까

하긴 佛法을 파먹는 세월개미도
눈에 보이지 않듯이
기둥뿌리 파 먹혀 무너지는 절집도

눈먼 사랑에 불타는 내 몸 개미집이나
썩은 나무 태우는 갈 단풍이나
茶毘所 가는 길은 다름이 없다

* 절집에선 생장작(희나리)으론 불을 지펴도 썩은 장작으론 불을 지피지 않습니다. 생장작은 이미 죽은 목숨 하나지만, 썩은 장작은 한 목숨이 죽어 수많은 벌레들이 그것을 연결고리로 목숨을 이어가는 먹이사슬-業-karma을 짓고 있기 때문입니다.

단풍등불

대낮에 웬 가로등을 저리 켜두었느냐

꾸지람으로 바쁘신 칠순도 젊은 나그네와 함께
내장산 나무터널을 지나 백양사 나무그늘에 들었다

은행나무는 노란 독서등을 켜 구름을 읽고
단풍나무는 빨간 전조등으로 인생을 밝히는 동안
벗나무는 검붉은 사연을 휘날리며 편지를 쓴다

대낮에도 불을 밝히는 가을은
그래서 길도 환하게 저물게 하는 독서실이다.

단풍등불

이별
— 브람스가 내리는 저녁

어두운 하늘에서 끼룩거리는 소리가 났다
하얀 돛폭을 닮은 한 쌍의 비행

어둔 하늘을 헤매는 선율은
클라리넷을 닮았다, 흐느끼는

저들이 날아 앉은 어둠쯤에서
서두르지 않고 푸드덕거리는 목쉰 새떼들
단조의 장막을 찢으며 저도 음정을 벗어나 운다

쓸쓸 만큼만 걷자, 어디
내려앉을 높은음자리표 부근쯤에서 쉬며
긴 한숨의 온쉼표를 만나자
그녀를 만나고, 또 놓는 일

도무지 별을 구경할 수 없는 날들
레가토의 물가에서 손길을 잡는 물결언어
끊이지 않는 출렁거림, 흐느끼는

그 부드러운 절벽에서 절망을 만날 때
목관악기로 허무느라 분홍빛 달콤하다

장미의 장막들

그럴 때마다 나의 호수에 빠져드는
검은 별들, 혹은 박자 놓친 음표들

조율되지 않는 두 마리 목관악기
낙차 큰 절망의 웅덩이까지 뛰어내리려
제 설음으로 출렁이느라 목이 쉰다.

가을식사

성공으로 나를 가르치는 제자와 저녁식사를 하는데
유리창을 두드리며 가을비가 오신다.

그날도 이렇게 비가 내렸어요. 어머니가 백혈병으로 돌아가시던 날
도. 연탄불이 뿜어내는 뜨거운 독가스를 마시며 풀빵을 구워 저희에게
일용할 양식을 먹여주시던 어머니. 제 성공을 보지도 못하고 자꾸만 뒤
돌아보며 내리는 가을비처럼 ! ! ! ! ! ! !

한 잔 더 하시라며 따르는 술잔에는
유리창을 두드리던 가을비가 넘쳐흐른다.

산이 된 물

태평양 한 가운데 돌고래의 숨결을 타고 오른
내가
남동계절풍 날개를 얻어 날다가, 날다가
지리산 까실한 솔수염이 되었다

오랜 숨결을 만난 지리산이 자지러지게 하품을 하자
푸른 것들은 죄다 모여
죽은 싹도 틔우고
마른 잎도 피우더니
바람줄기라든가 짐승가지라든가 구름열매라든가
얽히고설키더니, 지지고볶아대더니
제몫의 팔다리를 품은
씨앗을 낳았다
식솔을 이뤘다

어느 어두운 날 산에 오르던
내가
천왕봉 꼭대기에 올라 덩그런 해가 되었다

눈소식

때 이른 대설주의보와 함께
그가 떠나고 없는 서해를 향해 떠났다
버스는 아랑곳하지 않고 아스팔트 위에
사자갈기를 휘날리며 달렸다

차창에는 한을 안고 떠난 사람들의 아우성이 부딪치고
나는 난독증 문맹자가 되어
을씨년스러운 속도로 지워지는 불립문자를 읽으려
눈을 부릅뜨고 눈의 속도를 지켜봤다

그가, 친구란 이름 곁에 까치밥처럼 붙은
시인이란 이름을 버릴 때도
물방울들의 결빙인 채 떠났을 것이다

무엇이 그로 하여금
부서지는 눈발이 되게 했을까,
한번뿐인 별리를 눈보라에 묻었을까

읽지 않아도 보이는 경전처럼
그의 종교, 시인의 교리마저 보이지 않는 것은
아니다, 겨우 뜨이는 눈

인생이란 속도의 대설주의보에 담긴 전보를 받아
눈보라에 섞인 그의 근황을 읽는다

부서지고 흩날리며 자신을 드러내는 물방울
무너지며 흩어져도 하나가 되는
그의 소식이 눈보라에 담겨 몰려왔다

노을마저 하얗게 질린 서쪽바다로부터
빈 산야를 완고하게 덮어가는 결빙의 모습들이
나의 계절로 읽혔다.

텅 빈 가득함
— 시 「오월 돈지」에 화답함

막 펼쳐본 연우시마당에
피다 만 봄꽃이 있어
잊기 전에 달팽이관에 후딱 새를 띄웁니다

텅 빈 동네를
새소리가 채우고 개구리 울음이 보듬고
창포가 파랑 위에 노랑을 칠하고…

텅 비었던 오월이
어떤 이루지 못한 연정으로 차오르다 보니
시동네 돈지에 이르는 길이라, 이정표를 달겠지요

그리 찾아가는 오솔길 끝엔
목숨의 윤기도 청호지 물결로 출렁이고요
마침내 아니면서 아닐 수 없는 길에 닿겠지요
닿고야 말겠지요

그러고 보면 우리는 모두
정밀 도량형기만큼의 시력을 지니고 있는 듯합니다
오월산야를 덮는
부정할 수 없는 증언처럼 말입니다

내 저울로는 달 수 없는데
누군가, 무심한 나그네의 시계에는 보이는
그 바늘이 가리키는 연둣빛 떨림처럼 말입니다

시인이여!
만사를 그냥 흘려보내지 않고 바툼하며
친재하는 창문마다, 그래서
시들 수 없는 꽃 한 송이를 얹겠습니다.

2013_지룡선사 地龍禪師

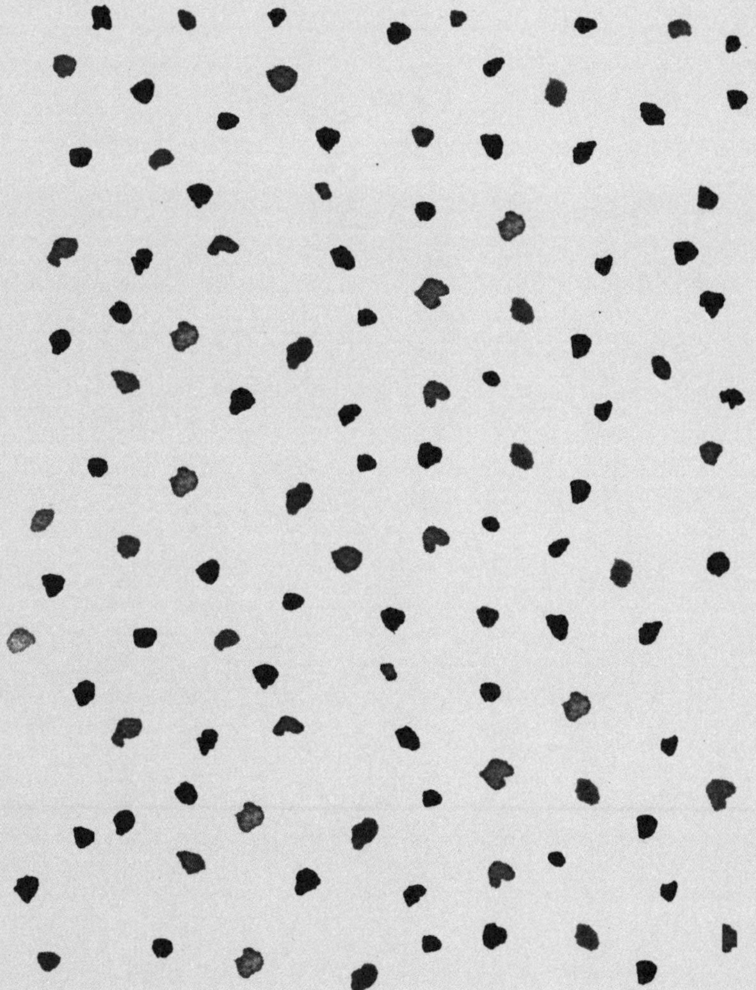

환절기 · 2

내가 아들을 위해 만든 처음 작품은
방패연 그 다음 연자새 썰매 굴렁쇠와 굴렁쇠손잡이를 만드는 일이었
다

대나무를 자르고 깎고 주먹손 밥풀을 먹이고 한지에 붙여 방패연을
만들고 하늘에 닿을 긴 연실이 감길 얼레를 얽고 굽은 철사 곧게 펴 썰
매와 굴렁쇠와 굴렁쇠손잡이를 만드는 동안 서너 번 비명을 토했고 두
어 군데 피멍울이 들었다

할아버지서당에서 읽고 쓰던 한지천자문에 앞머리를 깎듯 콩기름을
발라도 연실 끊고 달아난 방패연처럼 전화에 묻힌 아비행방은 언제나
불명인 채 빨리 오지 않을 때 어린 아들은 바람 찬 들녘을 달려갈 썰매
와 굴렁쇠와 굴렁쇠손잡이를 만들어주지 않은 아비의 부재가 아쉬웠다
그런 날이면 어김없이 악몽의 들판을 밤새 달려가곤 했다

그리고 보면 천자문에 그리움을 바르는 일이나 서너 번의 비명과 두
어 번의 피멍울로 훈장을 새겨주신 분이 따로 있지 않고 아버지의 아버
지였으며 아들의 아들이었음을 놀이가 시가 되는 철이나 있음과 없음
이 바뀌는 철에야 겨우 알아차리고야 말다니

지룡선사 地龍禪師

길 가다 개미만 보아도,
문설주 거미줄에 걸린 거미만 보아도
동네방네 사이렌을 울리며
잘겁하던 귀염둥이 손주, 어느날 득도 한 말씀한다
참 어여쁜 지렁이지요?
지렁이는 참 예쁘지요?
― 엥?
그러고 보니 바로 올봄 학교 문턱을 넘어선
초등일학년 공부덕이었구나

날씨가 꼭 그랬다
마당귀에 앉힌 가마솥에 삭정이 뿐질러넣고
청둥호박 깨나 삶아대는 날―
어쩌자고 토룡들은 뜨거운 맨땅에, 맨몸 벌거숭이로
참선고행하듯 나타나시는지
나타나시어, 개미떼들에게 온몸으로 공양하시는지…
― 하긴!
내 몸 바쳐 먹을거리가 되는 것보다
더 큰 공양이 있긴 있을까마는

지렁이도 밟으면 꿈틀한다(?)

지렁이 갈빗대 구워먹는 소리 작작하시고요
'~도'가 아니고라, '~는' 이 맞긴 맞고요
지렁이도 밟으면 꼼지락대는 게 아니라
지렁이는 밟으면 케터필더에 온몸 으깨지고 만당께라우

갱상도가 어떻고, 절라도가 저떻다는 낙서도사들,
단 한 번만이라도 땡볕에 웃통 벗고 나가
영차~ 어영차~ 어영령차~ 해싸며
제 몸 태워 남 먹일 작심들은 해보셨는지, 몰라
벌건 황토밭에 맨몸으로 죽창 든 토룡처럼
참선수행—하실 요량은 있으신지 몰라

코스모스의 죄

갈바람을 타고 만경평야를 지나가는데
글쎄~, 길가 바람꽃에 팔아버린 넋들을 향해
냅다 쨍그랑 유리 깨지는 소리—
"밤을 꼴딱 새워서라도 길가 코스모스를 죄다 뽑아버리고야 말테야!"
난데없는 돌팔매가 어여쁘게 날아든다

그랬을 것이다
나이 든 눈길이건
나 젊어 마음눈 밝은 발길이건
죄다 저들만—
~고 하늘거리는 빛들의 군무라니… 파스텔치맛자락 하늘거리는 자태
라니… 청잣빛 하늘이 내려와 수군거리는 고삐 풀린 말들이라니… 황
금물결 뿌리치는 부드러운 결기라니… 저만 이쁘다며 한복패션 공항패
션 리셉션패션 화려무비 색깔들이라니…
어따 대고 불야성 빛들의 함성을 디밀 것인가

나라도, 중방 허물 기운은 고사하고 싸리문 저칠 기력도 없는 나라도
저 미운 꽃들의 무심을 무지르고야 말았을 터이다
그랬을 것이다.
횃불 지를 힘을 한데 모아 고운 반란을 도모하고야 말았을 터이다

그런 일들도 있긴 있다
슬프지 않다고, 거짓웃음 깨물던 춘향이 이별 길도
상투머리 잡아채어 끌려가던 녹두꽃 상경 길도
갈바람 부는 꽃길을 걸어서 가노라면
그랬을 터이다
밤을 꼴딱 새워서라도 길가 코스모스들
죄다—
뽑아버리고서 어여쁜 횃불을 지르고야 말았을 터이다.

달맞이 명소

솔바람쌈지공원 소나무숲 위로 떠오르는 얼굴이나
휴먼시아공동주택 시멘트숲 너머 지는 얼굴이나
나에겐
이야기를 맞이하고 보내는 데가 따로 있긴 있다

핼쑥한 얼굴로 뒷전에서 서른 절을 하는
조카녀석(그는 여적 한가롭게 바쁘다)
굽은 등, 피하는 눈길이
너에게 나를 보내는 명소이긴 하다
어디 그뿐이랴
돌잡이 여식의 눈매가 좋지 않아
어미며 아비, 아이의 할미며 할아비 모두
공산명월은 막장 구석에 감춰두고 사는
동생녀석(그는 늦게 얻은 손주재미로 논다)
가슴 허물어지는 물레방앗간이
울음 감추기엔 명소이긴 하다
어찌 그들뿐이랴
불혹 청년 생질녀석(그는 여적 혼자 잠들고 혼자 일어난다)
열대녀는 싫다하며 독수공방에 달뜨듯이
저 홀로 뚜벅뚜벅 걸어가는 발자국 소리 듣기에
명소가 따로 있긴 있다, 望九누님의 눈물바람터

어느 성직자도
머리에서 가슴으로 내려오는데 칠십년이 걸렸다는
사랑이, 나에게는 항상 온몸으로 뜨고 진다
무시로 불을 켜고 내 안을 흔든다

숨죽이며 흐르는 이야기 달맞이하기에 좋은 곳이
따로 있긴 있다.

달의 분화구에는
— 아픔이 아픔에게

제가 다녀온 달에는요
어디선가 날아온 별들의 파편에 맞은 음표들이 모여
노래를 짓구요
들짐승 길짐승들이 다투다 버려둔 꽃과 열매들이
바람 없어 바람 없는 날들을, 하염없이
그렇게 해바라기만 하지는 않더라는 것이지요.

그래서 다시, 제가 다녀오고 싶은 달에는요
어디론가 날아가야 하는 새들,
그들 날갯짓을 따라 날아가되 스스로 그림이 되는
千江이라는 게지요.

소위 佛法은 佛法이 아니라는 붓다도 다녀가셨고
내가 하는 말은 나의 말이 아니라던 예수도 다녀가시니
아니다, 아니다, 아니다.
삼 세 번을 아니라고 우겨도 달은 뜨고,
장닭은 또 그렇게 새벽을 낳겠지요.
드맑게 뜨고야 말겠지요.

볏은 붉어서 드넓은 달무리를 이루고
呱呱聲은 우렁해서 밤낮으로 빛의 메아리를 들려주시듯이

마침내, 그리고 기필코 우리가
다녀와야 할 달나라,
그 웅숭깊은 분화구에는요, 영원을 향해 고함지르는
딱 팔월공산의 지킴이가 되어야 한다는 게지요.

한다
— 슬픔이 슬픔에게

和蘭의 한 여행사에서

편도火星여행객을 모집했다

한다. 전 세계로부터 순식간에 일만여 명이 응모했다

한다. 한 번 가면 다시 돌아올 수 없는 여행길에

사람들이 서로 먼저 가겠다며 그리 몰렸다

한다. 기필코 가고자 하는 길에

서둘러 가려고 탑승권을 사려 떼돈을 벌자

한다. 아침 밥상머리에 펼쳐진 피비린내를 맡으며

편도선이 부어오른 밥숟가락을 거두려

한다. 化學무기로 외상없이 깨끗하게 정렬한 어린 주검이

시리아로부터 칼라사진으로 날아왔다

한다. 직격탄을 날리니, 밥그릇에 가득한 화약 냄새

밥이 밥이 아니라 밥이 독약이 되리라

한다. 밥을 버는 돈이 독약이 되리라

한다. 아이가 아이를 때리고 따돌려도

어른이 어른을 구박하고 내쳐도 잘한다, 잘한다

한다. 부자가 부자를 따돌리지 않는 것이나

가난이 가난을 따돌리지 않는 것이나 마찬가지라

한다. 그래도 가난이 가난을 따돌리지 않으면

가난한 밥통에는 여러 개 밥숟가락이 드나든다

한다. 부자가 부자를 따돌리지 않으니

부자 밥통은 肥滿하여 痞滿症만 고여 있다
한다. 부자는 내일도 배가 고프다
한다. 가난은 오늘도 배가 고프다
한다.

그래도 우리는 아무도 편도火星여행표를 끊지 않는다
한다. 가난은 표를 살 수 없어서 여행을 꿈으로 다닌다
한다. 부자는 돈이 있어도 떠밀려 가는 여행은 싫다
한다. 시를 쓴다는 자칭 가난한 비렁뱅이만 어떻게
서정시 한 편으로 표를 구할 수 있을까, 전전긍긍
한다.

뜻밖의 봄

색깔 고운 앵무새 한 마리를 방생하고
아주머니 한 분 방금 지나간다
키 높이 나뭇가지에 앵무새를 앉혀두자
제 몸색깔 닮은 꽃덤불로 비행하여 가쁜 숨을 몰아쉬는
앵무새,
또 다시 올려놓으면
꽃덤불로 수직 낙하하는 어여쁜 날개
아저씨는 다시 새장으로 데려가자 하고
아주머니는 그냥 놓아두자며, 결혼식장 늦겠다며
아주머니 아저씨 방금 지나간다

어쩌다가 새장 안의 재롱이가 이처럼
버려진 자유를 얻게 되었을까
아주머니의 놓는 자유와
아저씨의 가두는 자유가 거리로 나선다면, 누가
자유대통령이 될 수 있을까

미운 일곱 살 손주가 내 소매를 잡아끈다
앵무새,
가엾다며 말하는 새라며 왜 말도 안 하느냐며
할아비는 새는 먹이보다 더 무서운 게 있을 거라며

소용없다며, 쓸데없는 짓이라며, 그냥 가자하고
손주 녀석은 먹이를 가져다주자며, 저러다 새가 죽겠다며
할아비 소매를 잡아끈다

어쩌다 새장 밖을 따라 나온 재롱이가 이처럼
버려진 자유에서
동정의 실눈으로 생명을 보게 됐을까
손주 녀석의 먹이생명과
할아비의 두려워하는 생명이 씨름을 한다면, 누가
백두장사가 될 수 있을까

흐드러진 철쭉꽃도, 꽃멍석 둘러친 꽃잔디도
영산홍꽃 복숭아꽃 배꽃이 만발한 동산마다 봄이로되
꽃이 피면 지는 것을 잊는다는 듯
바쁘게만 피어댄다, 참 바쁘기만 해서 답답한 봄도 있다니
봄도 뜻밖의 봄빛이 있다니

리폼Reform

몸이 부푼 벤자민의 옷을 갈아입힌다
뿌리들이 아우성치지 않았다면
그냥 저냥 옹색하지만,
딸만 내리 셋을 둔 아들네처럼 스무남평 치수에 맞춰 살아라
살아라, 가난도 보약이니라
짐짓 외면했을 터이다

푸른 욕망으로 빈틈없는 뿌리들의 안살림을 보자
불평스런 소리들이 죄다 여기 모여
옹색한 음모,
성장마저 거부하는 고사枯死를 꿈꾸다니

마음빗장 풀어놓은 거품열쇠들도 거두고
햇볕 모자라 웃자란 가지들
책꽂이에서 낮잠 자는 치수 안 맞는 견본들이랑
메마른 전지가위가 약손임을

옷은 몸에 맞춰 입어야하겠지만
언어로 지탱하는 나무,
뿌리의 몸은 항상 옷에 몸을 맞춰 입어야 한다

멀리 있는 근심

잠자리는 잠을 자지 않는다
잠을 누이되
날개 퍼덕이는 꿈을 편다

짧게 자는 잠이나
아주 오래 자는 잠이나
고분에 들면
모두 잠자리만 남아 유적이 된다

도시의 길거리에 마련한 추운 잠자리에도
벌거벗은 나무들만 불침번을 서는
산보다, 숲보다
그래도 유적으로 남으려 한 것일까

덮어줄 낙엽이 없어서가 아니라
얼어붙은 왕조의 옛 무덤을 찾듯
한 줄기 눈물마저 사유하지 않는 길거리에
나를 노숙한다

겨울햇살
— 숨긴 손길 · 1

사람들은 가슴 가장 깊은 곳에
여러 손길을
예비하고 있는 것이다

치마폭 휘익~ 뒤집어
내 코에 흘러내려 엉겨 붙어 있던
겨울추위, 그 말간 감기를 닦아주시던
어머니의 손길

눈물 핑 도는 아픔으로 길을 내시던
아릿한 치유
아~ 어디메쯤 머물고 계실까

모악산 고갯길 함께 오르며
그저 군말 없이 생수로 쏟아주던
빗살무늬 바람들의 덕담

그저 폭을 자알 잡고 건너가자며…

분노도 잘만 구워삶으면 먹을 만하다던
내 인생의 지팡이는

지금 어디메쯤 바위를 뚫어 샘을 파고 있을까

사람들은
가장 쓸 만한 손길을 감추고 있다가
더는 숨길 수 없는 눈물샘을 파거나

혹은 즐거워도 전혀 부끄럽지 않을
과거에서 건너오는 오솔길
그 환한 길에 걸어두고 있는 것이다.

예술적 타이밍

꾸러미로 묶은 더운 나라 동남아시아를
당신 역시 한 통 속으로 꾸려져 다녀오신
우리 형님
그 더운 나라에서 육이오 때 당신을 보셨다며
아녕하세요일달러만주세요…
어딜 가나 한국사람 한국어를
갔노라 보았노라 만났노라
우리나라 좋은 나라여!
그려, 존 나라고말고
입에 침이 마를 새가 없으시다

동생은 마침
1985년 적 남영동에 다녀오는 길이라
본 것, 먹은 것, 찍은 것, ~것, ~것, ~것
뒤집어진 시궁창속판이라
누군가 걸리기만 하면 전라도 쌍욕을 퍼부을 참이라
하마터면 불경스런 호로자식 되어
형님 면전에 욕설을 던질 뻔했다,
그러고도 남을 뻔했다

욕은 타이밍의 예술이어,

나, 도올이 욕을 안 하면 나라가 망해뿌러!

그런 욕설이라면 얼마나 거시기 할까마는
존 나라에서 살아도 도무지 좋아할 때를 찾지 못하고
평생 예술적 타이밍을 놓치는 까막눈,
나는 한 동이 덜된 먹물 퍼먹은 문맹이 틀림없다
그러고도 남을 눈뜬장님이 틀림없다

겨울 숲

친구를 잃은 뒤엔
바람만이 말을 건네는
숲에, 겨울 광장에 갈 일이다

무슨 챙길 것 잊고 간
떠난 사람의 별사처럼

겨울 철새나
떠날 수 없는 배고픈 텃새처럼
잃은 침묵 사이를 분주히 날아다니며
기억의 양식이라도 찾아 볼 일이다

이따금 마른 이파리에 남은
몇 마디의 불립문자들만이
발길에 부서져 마른 비명을 지르는
침묵하는 언어의 숲,

침묵과 다변 사이에서
바람만이 길을 내는
사람사이, 겨울 숲에 들어 볼 일이다

차가운 씨앗으로 뜨거운 속내를 채우는
산새들처럼
빈 주머니에 찾아드는 말씀의 손길을

새벽청승

새벽이슬처럼 거미줄에 걸린 효자일기를 읽는데
느닷없이 청승맞은 샘물이 터져 나왔다
그것도 어둠의 시대가 미처 물러가지 않은
신 새벽…
아흔 해를 농부로 사신 아버지가 위암말기라서
짧게는 석 달 길어야 서너 해라는 의사,
친절한 여의사의 친절한 사망선고를 접수한 아들
예순의 후회로 점철된 훈민정음을 빌어
나이를 눈물삼아 쓴 절규였다
어찌어찌하여 오진에 과잉진료를 거듭하다가
(감사한 오진에) 몇 번을 더 감사한 다섯 해를
여즉 '아들의 영웅' 은 겨울나목처럼 서 계신다고
고맙고 감사하다는 보고였다

몇 해 전, 가난하게 정직한 컴퓨터기사가 저보다 더 정직하게 가난한
할머니 슬하의 손녀에게 실비컴을 설치해주었다가 외면 못하는 청승맞
음으로 내자까지 불러 그 손녀의 초경, 개짐까지 마련해 줬다는 거미줄
에 걸린 새벽진주를 읽다가—예비시인들에게 들려주다가—마음가난
나누다가 터진 샘물 때문에 아주 망신살을 샀던 대낮청승이 불현듯 떠
올라 홀로 창피해 죽을 맛이었다

하긴 이 신 새벽에 홀로 청승떠는 까닭이야
그것, 저 늙은 아들의 정직한 효심이나
청승맞은 컴기사의 가난한 정직 때문만은 아닌 것이고
장성한 아들의 얼굴 마주 바로보아도,
서너 살 때 아비 얼굴조차 기억하지 못하는,
밥 먹듯 망각하는 가난하고 무심한 식욕으로
노을마저 청승맞게 바라볼 줄 알기는
알기 때문인 것이다.

안 나쁜 사람

한 거간꾼에게 끌려 식모로 팔려간 여덟 살 소녀
집주인은 한국은행에 다니는 국장님 댁이었다
집밖에 나가면 나쁜 사람들이 술집에 팔아넘긴다며
문밖출입을 막았다

설거지하다 손이 부르텄고 겨울밤 연탄불을 가느라 잠을 설쳤다 김장
배추 백포기를 잠도 못자고 절였지만 다음날 아침에 다 못 절였다고 뺨
을 맞은 설음은 지금도 잊지 못한다 서른 살 노처녀가 돼서야 한 공장노
동자와 결혼시켜 내보냈다 결혼해서 집을 나갈 때도 돈 한 푼 쌀 한 가
마니 안 준 게 그렇게 서러웠다는 김씨아주머니 결혼하고서도 십 년여
동안 명절마다 주인집에 인사를 다녔다 했다

소녀가 아주머니가 되는 동안에도
걸어 잠근 문 안팎에서 인신매매나 강제노역이 자행되는 동안에도
문 안 국장님 댁 소녀 소년들도 장가들고 시집가고,
손녀 낳고 손주 두고 그랬을 것이다

하긴 내 여덟 살이라고 다르지 않았다
변호사 댁 사동으로 동사무소 사환으로 대서소 심부름으로 지새는 동
안
언제나 부러운 것은 또래들이 누리는 밤낮이었다

주경야독으로 눈에 불이 들어온 뒤에야
겨우 밤낮이 밤과 낮으로 보이는 듯했다
사람을 사람으로 보는 눈길이 밖에 있지 않음을
아는 듯했다

헤픈 것

뻐~ㄴ한 스토리의 주말 연속극을 보면서
애먼 나무들의 이파리를 뜯어내는
늙은 부인,
훌쩍이는 빨간 눈의 암코양이에게

에잇! 헤프기는…쯧쯧…울 일이 그렇게도 없나…

더 뻐~ㄴ한 장삿속의 국산영화를 보는데
안 그런 척 유리창에 어리는 뿌연 안개
더 늙은 남편,
어둠을 빌어 검은 강물 풀어놓는 수컷늑대에게

에잇! 헤프기는…쯧쯧…울 일이 이렇게도 없나…

그래, 그렇게 헤프게만 살다말자
아무데서나 아무에게나
형이하학의 치맛자락 바지춤만 풀어놓지 않는다면
그래, 이렇게 헤프게만 살다말자

바야흐로

철학을 몸에 지니고 사는 후학,
아낀다~는, 표현이 좀스럽지 않게 하는
삼월 첫째 날

바람은 산그늘 잔설 담아 조금 쌀쌀맞고
햇살은 그냥 무딘 악덕들조차도
무상으로 해바라기 하는 좋은
그런 날

이런 심덕이 찾아왔다
양춘포덕택 만물생광휘
한글 날개 달고 포르릉~날아왔다

내 무식한 유식으로 봄마저 덧칠할 수 있을까마는
陽春布德澤 萬物生光輝
~라고 머릿속을 개념하는 못된 버릇에도
가슴은 바야흐로 뛰놀기 시작하누나

지나간 자리

지나간~
  이라고 마주보려하는데

그 자리에 매화꽃망울 얼굴들이 모여서
다글다글 소란마저 고요하다

그 자리엔
아직 눈의 서늘했던 적의나
바람이 숨긴 비수들
고온의 기침과 함께 물러가지 않고 있는데…

지나간~
  이라고 말하려하는데

낙엽을 덮어주던 하얀 결빙이나
유리언어들마저 곱게 썩어
흙의 후손들 자리 틀고 지렁이문자 그리는데…

다시 보거나
고쳐 들어볼 수 있다면

지나간~
  이라고 사라질 수 없으니

다만 깊어지는 마음샘에 어리는
구름 몇 송이나
철따라 지나가는 새들 날개뿐임을…

새싹 · 1

남부시장 싸전다리 들입 종묘상에
파란 아기병정들이
종종걸음으로 나들이
나왔다, 겨울을 이겨내느라 움츠린
가지런한 어깨들
눈이 시리다
팔랑 리본 달고 입학한 초등학교에
손녀딸
한 마장거리 세상입구까지
홀로 건너다, 햇살마저 튕겨내는
앙감질걸음 반짝이는
초롱눈길이 부시다
집 모퉁이 햇볕이 잠깐
아주 잠깐
새들 모이만큼 머무는 곳이나
아기들 무용담이 웃자라는
웃음습도와 눈물건기 잘 드는 안방
어디서나 꽃샘추위마저 붙잡아 둔
햇살의 폭포 속으로,
또 그 안팎으로
초록리본 나풀거리는 햇볕 자람이
눈부시게 피어나고 있구나.

봄나들이

예보하신 꽃샘날씨 맞춰
나물 캐는 차림으로 나서겠습니다

그나저나
봄나물들이 저를 알아나 볼지

몰라보면 어떻겠습니까
그저,
봄과 내통할 수 있게
인사나 나누면 되겠지요

네, 네, 네네네!
고사리 종달새 병아리들 메아리가
눈귀에 삼삼하게
아지랑이를 피웁니다.

봉지 봄

봄이 한 봉지 내게 왔다

봉지쌀이 궁핍한 형상기억일 때
한 봉지에 담긴
봄 쑥마저
그냥 한 끼 식사가 아니었다
그냥 봄이 아니었다

春窮이 무슨
혁명가의 혁명가가 되던 시절
봄은 그냥 거지굴이거나
거지발싸개였다, 봄마저 그랬다

이밥에 쇠고깃국보다
더 따뜻한 계절은 끝내 오지 않을 것이다
봄의 언덕에서 내려오지 않는다면…

가난을 형상하는 봄의 봄에
궁색하고 고집 센 시의 봄에
한 봉지 들녘을 담아 주신 손길이라니

향기가 한 봉지 내게 왔다

목도

나는 木道입니다
일엽편주 칠성판 위에 수천의 의병을 실은
나뭇길입니다
전주이씨호성군寒山李柱선생
칠년전쟁 바람을 피하지 않고
나를 밟아
못난 임금 구하러 의주, 그 손 부르튼 바닷길을
머다 않고 달려간 바닷길입니다

나는 目睹입니다
변산반도 마실길에 맨발로 나선 백면서생
자연이 내어준 길을 찾아
바닷바람에 밀려가는 사람물결 헤치고
사람의 마을을 찾아
나를 켜서
낮에도 등불 들고, 의병 노릇하듯 땅으로 가는
마다 않고 달려간 마음길입니다

흙내음

냉이
~라는 이름을 찾아 나섰다

칼칼한 바람결이 옷깃을 파고들어도
그리 나쁘지 않은,
그리 나쁠 수 없는 연정처럼
고약한 이쁨,
봄을 탓하면 그만이었다

이름을 만나러 다니는 동안
대지는 연분홍브래지어 숨을 쉬느라
가슴 더듬는 손길에도
탓하거나 무렴 주지 않았다

이름을 한 바구니나 찾은 다음
주방에서 바위만한 낱말밭을 들춰보니
뜻밖의 향기새싹이 돋아나 있었다

봄색시
당신께 나의 모든 것을 드립니다

봄나물을 찾으러 나섰다가
임도 만난 순이의 그이처럼
비로소, 봄의 젖가슴에 흠~ 흠~ 코를 박고
음탕해도 부끄럽지 않을
짙은 살내음을 흠향할 수 있었다

어느 시집을 받아들고

내 이 노릇을 그만두고야 말리라

벌써 해도 백번, 아니
천 번도 더 했을
난해를 풀어내던 백묵마저 꺾으리라 던

왜 백번은 붙여 써도 밑줄 그어지지 않고
천 번은 붙여 쓰면
빨간 밑줄이 그어져야 하는지

내 이 노릇을 작단내고야 말리라

왜 어떤 사람은 붙여 써도 멀어지고
왜 어떤 사람은 띄어 써도 가까워지는지
깊이에 대한 질문에
얄팍한 모범답안만을 출력하는 흑판노릇

띄어쓰기는 붙여 써야 하고
붙여 쓰기는 띄어 써야 하는
사람노릇,
그 거리를 셈하는 내재율마저 길을 잃다니

내 이 노릇을 작파하고야 말리라

그 막막하여 어두워지는
행간의 불편, 말의 샘터마다
타다 말다 꺼져버린 시어의 폐유들
세포마다 끼인 끄름을 닦으며

내 이 노릇을 그만두고야 말리라

받침대가 있는 풍경

꽃은 저를 흔드는 바람이 있어
겨울 틈바구니에 저를 세운다

흔드는 바람이 꽃대를 받쳐주자
길고 달콤한 거리를 싣고
색동옷 벌 나비도 멀리서 날아온다

고층 아파트 지붕에서 술래잡기하는
달도, 한때는 구름이 있어
외로움을 향불처럼 피워내곤 했다

마른 가지에 푸른 신호등을 켜듯이
내 안에서 나를 흔드는 이여

몸을 태울수록 돋아나는 새잎처럼
나를 피우는 등잔에는
몇 송이의 향기가 고여 있을까

흘러갈수록,
지워낼수록,
사라질수록,

강물은 흔적을 남긴다, 흔들리며
그런 그릇마다 꽃은 피어난다

마실가다

동네 나들이 나가시며
할머닌 노상
마실간다 하신다

할머니 행적을 누가 물으면
어머닌 노상
마실가셨다 하셨다

마을이 마실이었을 적
마을이 동네요 나라요 세계였을 적
할머니나 어머니께서는 아무렇지도 않게
우주 여행하듯 마실다니셨다

이제 너무 멀리 가시어
어느 별 어느 마실에 계신지 보이지 않아
저리고 더딘 내 발길로 찾아 나선다
어머니 할머니에 닿는 내 안의 길로

서해에 말 걸기
— 「변산마실길」을 잘 걷는 법

저, 모자씨!
예서 저를 쓰셨나요
그래요, 넘실거리는 생각일랑 풀무질해서
파도와 어깨동무한들 대수겠어요
그렇게 머리에 쓰시고
내 사랑 바다로 걸어서 간다한들
아니 된다, 아니 된다
누가 갈길 말리겠어요

저, 무지개님!
예서 저를 입으셨나요
빨주노초파남보 짭짤한 이야기로 머플러 두르고
바람과 손잡고 동행한들 대수겠어요
그렇게 가슴에 담으시어
내 사랑 바다로 걸어서 간다한들
그러지 마라, 그러지 마라
누가 앞길 막겠어요

촉촉이 몇 포기

봄비가 시나브로 내리는 날
촉촉이 몇 포기를 땅에 심었다

바람에서 뼈를 발라내고 흐르는 몸짓에서 시간을 그려내는 독심술,
그런 어법으로 심으면
저 연록의 심지에 어리는 밤낮 역시
저만의 독법으로 소리 내리라

성장이란
물의 켜에 흐름을 담는 일

아픔인 채 말라가는 처마 밑에서
젖어들지 않는 마른 땅의 가슴을 헤집고
촉촉이 몇 포기를 심는다

물의 기둥을 세우고
해를 가리는 큰 나무의 그늘을 잘라내노라니
흙손에 묻는 젖은 질문 하나

눈으로 듣는 향기로운 바람이나
귀로 읽는 즐거운 빛의 일렁거림에도

왜 나는 온몸으로 젖어들지 못하는가

마른 밭에 심은 촉촉이 몇 포기가
나를 채워 둥근 시를 낳는 날

시나브로 시들어도 좋을
젖은 뼈를 더듬는 손길에
나를 맡기면, 그때야 비로소 열릴 것인가

꺼삐딴 리 씨

어느 음식점 문패가 예담이기에
그저 그런갑다했다
예담이라
그저 그런 이름인갑다 했다
안에 드니 주인이 예담을 한자로 써서 보이기를
醴—단술, 좋은 맛 예
噡—먹을, 탐할 담, 이라며
맛좋은 음식을 맛있게 드시라는 뜻이라고 추임새를
넣자
식사하던 곰의 자슥들이 모두 이구동성
넋을 놓는다
와~ 어쩐지 멋있게 보이더라나
맛있게 워떻더라나
그 말에 내 안의 비렁뱅이도 슬그머니 꼬리를 내리고는
그려~ 그렇고말고… 맛있고말고…
내 혀도
큰 나라에 유식해야 맛을 내는 내 식탐,
내 비윗장에 내가 상해서
몇 십 년 먹은 먹물을 토하고야 말 것임을

하긴 내 본관도

혹시, 아니 틀림없이
꺼삐딴 리*씨임이 분명할 것이다.

*꺼삐딴 리: 작가 전광용의 동명의 단편소설에서

비상한 봄

개나리들이 만발하는 봄이 되니
복숭아꽃 살구꽃 아기진달래 꽃 꽃 꽃들도 아우성이다
개나리꽃 핀다고
개나라가 되는 것은 아니겠지만
한사코 개나리들이 득시글 득시글 꽃망울을 터뜨려
사쿠라꽃애기꽃 만발하니
개나리도 만발이다

이상재선생 말씀*으로 피고 지던 꽃들이
아직도 개나리천지를 이뤄 사쿠라꽃 만발한 나라
바다 건너나 바다 안 건너나
비상한 봄도
봄은 봄인가

히로시마에떨어진원폭도다르게정의하면버섯꽃구름일뿐인가

* 독립운동가이셨던 월남(月南) 이상재(李商在. 1850~1927) 선생은 일제강점기 때 대중 강연이
라도 할라치면 일본 순사들의 감시의 눈초리가 삼엄했다. 이럴 때마다 선생께서는 "봄도 아닌
데 웬 개나리가 이리 활짝 피었느냐"며 적들의 간담을 서늘케 했다고 한다.

무단여행

무단횡단 하지 말라는
황색신호등을 건너니 바로 바다였다

연식이 한참이나 낡은 구형낭만을 몰고
철 이른 해수욕장 모래밭에
바퀴 빠지지 않고 돌진하는 동력

보지 않아도
듣지 않아도
만나지 않아도
보고 듣고 만날 수 있는 날들을 위하여

누구나 모래밭백지에는
누구나 시간여행기를 쓰고 싶었으리라

조금 전에 음각한 하트새김 모서리가
조금씩 밀려들어오는 밀물에 지워지는
동안만큼만

썰물이 가야, 밀물이 돌아오듯이
지워지는 공간의 모서리에
지워지지 않아도 좋을 시간의 형상을 새긴다.

마디마디마다

내 옹색한 자연뜨락에 옮겨 심은
매화나무, 겨우내 암묵화를 눈여겨보았다

계절을 건너다니는
시인묵객치고 그를 외면한 詩畵를
아직 찾지 못했다, 내가 그리지 못한

나 역시
겨울나무처럼 앙상한 사지를 뻗어
나무의 혼백에
줄기차게 먹물을 입혀 문자향을 피워왔다

다글다글 소란을 감춘
침묵의 씨앗들,
정신의 가지를 세우는 삼투압의 계절이
벼루 몇 개에 구멍을 뚫는 동안

암묵화가 여는 말문에 귀를 기울이자
시디신 초록향기를 풀어
결실로 말하는 青梅

내가 그린 시를 깨물자마자
굴절의 시간들로 입맛 잃은 몇 사람에게
시디신 미각의 눈을, 저리…

보는 茶

지난 가을이 무르익을 무렵
노란 들국화들이 말의 씨앗처럼 유리병에 담겨
내게 왔다

별무더기 떨기들꽃들이
어떤 마음 손을 거쳐 이처럼 환한 언어의 열매가 되었을까
향기 머금은 금빛 탄환들이 되어
고적한 책상머리를 명상향기로 탄주하는 것일까

몇 광년인가 달려온 별들의 이야기가
언어의 염탐꾼을 만나 해바라기하던, 바로
그날 한 시절
노란 향기마저 저리 탄탄하게 응결시켜 두다니

본다고 다 보이는 향기가 아니듯이
듣는다고 다 들리는 꽃이 아니듯이

향기를 풀면 내 차운 몸에 피돌기가 되고
꽃을 풀면
호흡 멈춘 흙그릇마저 숨을 쉬게 하다니

차반 가득 노란 별들이 우주 쇼를 하는 동안
가만히 적막한 책장을 넘기노라니
꽃을 피우는 말의 씨앗들

기도

해가 설핏한 오후 삼천천변을 거닐었습니다

세 갈래 물길이 한 곳으로 합수쳐 붙여진 흐름
삼천, 그 여울목엔 어제 오늘 아제*가 흘렀습니다

흐름을 막아놓은 나지막한 무넘기 위에
언제부터인지 회색댕기머리두루미 한 마리가
정지동작으로 물병풍 하류를 응시하고 있습니다

바쁠 것도 없는 오후
점심의 포만을 비우려는 한가한 걸음품이라
어찌하나 보자는 심산으로 나무울타리에 기댄 채
회색댕기머리의 응시를 응시하였습니다

잠시 지켜보노라면 무슨 사단이 나도 나겠지

저러다 한 끼 식사라도 챙기겠지
저러다 피라미 상류의지가 먹히면 어쩌나
저러다 두루미 허기진 허기로 포기하면 어쩌나

그러고도 몇 각, 삼천천의 흐름에 응시를 빼앗기고도

얼만가를 더 기다린 회색댕기머리두루미
S자 목덜미가 두어 번 펴는 듯 다시 접는 것 말고는
단 한 모금의 먹이도 낚아채지 못했습니다

제발 단 한 젓가락의 요기라도
제발 단 한 숟가락의 식사라도

한 응시보다 더 다급해진 다른 응시를 거둘 때까지
오후가 회색빛 날개를 지상에 펴기 시작할 때까지
한 응시는 거두어지지 않고
삼천천변을 따라 또 다른 응시는 흘러갔습니다

누군가는 눈물 젖은 밥이 인생밥맛이라지만
절절한 응시에게
한 끼 식사는 차라리 종교였습니다

*아제: '내일(來日)'의 고유어

집없는달팽이 · 2

집없는달팽이
집 없는 달팽이
집 없 는 달 팽 이
집, 없, 는, 달, 팽, 이
어떻게 불러도 저들에게 집이 지어지지 않는다

가장 부드러운 먹이사슬의 한 고리를 두 개의 뿔로 지탱하며 야음을
틈타 푸른 지붕을 뚫어 별을 바라보는 저들의 작업비밀을 엿보려 내 식
물사전을 더듬다

공중을 나는 새들에게도 집이 있다했던 사람에게
내 몸은 어제도 없고 오늘도 없으며 아제도 없다던
또 다른 사람의 집이 되려는 나

(집 있는)달팽이가 아니면
집 없는 달팽이는 몸도 가질 수 없겠지만,
어제의 집을 비우자
비로소 나의 식물사전에 뜨는 별들이 보인다

생물 표지

천리포수목원 동백원 표찰에
실비가 유월 아침나절을
내리 듯 멈추다
멈추듯 다녀가다

천리포수목원 동백원 표찰 위
달팽이가 자신의 집을 메고
가는 듯 멈추다
멈추듯 돌아오다

천리포수목원 동백원 표찰 앞
집없는달팽이 우산을 지붕삼아
있는 듯 사라지다
사라지듯 돌아가다

그냥

손만 잡고 가슴 안으로 휘어져 들어오는
모래톱에 침상을 펴자 한다
그냥~

한가로운 바닷새를 부르려는데
노을도 날갯짓 따라 주춤,
울컥 물이 든다
그냥~

노을 너머 귀항하는 고깃배를 보아라
어둠을 뚫고 출항하던 아침도
그냥~ 그랬을까

쉬지 않아서 파도가 아니라
잠들 수 없어 그렇게 그대 침상에 닿노라면
파란 담요가 아침 바다를 덮을 것이다

별의 무게

계곡마다 지친 여름이 무성하면
지구는 몸을 기울여 무게를 덜어 낸다

누구는 맨몸으로,
누구는 달랑 촛불 한 자루 손에 들고
하늘에다가
별을 하나 더하는 셈치고
광장의 별 밭 속에
몸을 묻는다

흐르는 별이, 별이 아니라 별의 바깥이었듯이
몸을 묻되,
몸이 아니라 몸의 바깥을 묻어
어둡지 않은 어둠을 밝히려 한다

시절마다 고인 물에 몸을 묻으면
지구는 스스로 몸을 기울여 물갈이한다.

염치없는 양식

밥투정하는 아이 밥그릇을 들고 쫓아다니며
한 숟가락이라도 떠먹이려
아이 걸음마로
아이가 되는 할머니

통째로 삼킨 물고기를 소화시키라고
제 겨드랑이 부드러운 털을 뽑아 새끼에게 먹이는
여름철새 뿔논병아리

높은 철탑에서,
왕궁 돌담길에서,
촛불 밝힌 광장에서,
배부른 어른들은 배고픈 어른들에게
아름다운 양식이라며 꽃밭으로 밥상을 만든다

비정규직으로 누구나 잠시 다녀가는
이승의 밥상
정규직의 부드러운 겨드랑이 털이 아니어도
한 숟가락의 양식이
염치없이 그리워지는 계절,
그런 계절은 계절도 아닌 것이다.

생각의 비옷

해롭다며,
모기 파리를 짓이겨 죽인 적도 있고
짚신 삼을 줄 몰라,
뭇 생명 밟아 죽인 적도 있긴 있다

그래도, 도둑처럼 스며들어
지 새끼에게,
"짐승만도 못한!"
저 먹기 싫은 연기탄 먹이진 않는다

먹이전쟁으로 지고 새는 아프리카 사바나 초원에서
어미표범이 개코원숭이새끼,
남의 새끼를 돌보기도 한다는데

누가 나에게
피비린내 진동하는 생각의 비옷을 입혔을까
숲에 내리는 비 맞으며,
짐승처럼, 짐승만큼만 살고 싶다는데

시월이 오는 길목에서

서둘러 이슬의 목덜미를 잡으러 가지는 않는다, 매미의
허물이 내가 즐겨 입는 의상에서
비만한 겉옷을 벗겨내려 할지라도

누구나 서둘러 투명한, 변명의 계절로 찾아가지는
않는다. 거기 두고 보라

어디쯤에서 돌아갈 이유가 변색해서
낙엽해도 좋은 지점을 찾을 수 있겠는가, 상록수의
질긴 금언도 시나브로 이별하며
시간의 뒷덜미를 놓치지 않던가

그래서 누구나 서둘러 찾아가지는 않는다, 가지 말자
여기에도 아직 울어야 할 내의는 충분하고
거기에도 미처 다 쓰지 못한
편지지가 서슬 푸른 여백을 마련해 두었으리라

그러므로 누구나 달려가면 잊는 것
마침내 지워지고야 말, 한 순간의 서두름을 일러
풀벌레 울음에 조상弔喪해도 늦지는 않는다

누구나 서둘러 더 투명한, 희망을 말하지는
않는다, 여기 두고 보라

온갖 색깔들이 참이 아니었던가, 길을 묻는 순간
무엇을 더 알아야 하는가*
내가 즐겨 입던 언어의 겉옷마저 낙엽은 지고

부정할 줄 모르는 나무들처럼, 아무렇지도 않게
낡은 내 수첩에는 차곡차곡
삼투압이 멈춰야 할 시간의 받침대가 담겨질 뿐이다.

* 토마스 허카 (Thoms Hurka)가 쓴 책의 제목에서

가을안부

안개가 잦아지는 나날입니다.
투명한 악상이, 그 삽상한 현들을 조율하며
예비하고 마련하느라 그러나 봅니다.

풀벌레 노래들이 안개를 풀어, 이리
아침저녁 오선지 위에 흐린 사연들을 늘어놓는지

그리고 보면
불투명한 것의 사랑은 투명한 계절의 안쪽이었거나
익숙함의 어떤 모습이었을까.

아니, 불투명한 거울에 낀 입김처럼
시간의 다른 얼굴로 고백하는 건 아닌지

그래도 아침저녁이면
어디선가 찰싹이는 강물의 언저리가
내 심장을 울림통 삼아 연주하려는 건 아닌지

이렇게 투명한 사랑은, 안녕하세요?
나의 창가에 바짝 다가와서는
거듭거듭 안녕하세요, 안녕하세요?

무안한 날갯짓으로 내 안의 G선을
풀어놓으려,
저리 지성으로 그 현을 문지르나 봅니다.

處暑

밤이 짧고
새벽이 나날이 길어지고 있습니다

별의 공자전과는 달리
다르게 달려가려는
내 안의 지구에선, 시계의 부속품들이 엉망이 되어가나 봅니다

귀를 기울이지 않아도 들려오는
눈을 뜨지 않아도 밝아오는
소리의 빛이나
빛의 소리 때문에 별들도 때로는 밤을 사양할까요

그리하고 싶다,
고 여는 창문에 여름으로 녹슨 잔해가
음반의 음곡마다 앉아있는 잡음처럼 목이 쉬었더군요

어찌하면
그 음산한 무음의 회전율을 살려낼까

새벽이 나날이 길어지는 이유가
바로, 짧아지는 밤에 있음을…

어떤 동업 · 1

한 목소리는 하늘 물감을 풀어
가을 언덕에 자주비를 내리고

또 한 손길은
내린 빗줄기를 한 가닥 한 가닥 갈무리하여
오랜 동산 위에
억새바람을 심기도 하더이다

이런 그림으로 산다면
이런 바람으로 선다면

금전출납부 결산란에 기록된
붉은 적자가
시밭에 심을 좋은 씨앗이 되기도 하겠더이다.

어떤 동업 · 2

절간에 가서 새우젓 얻어먹을 요량 없어
예배당에 가서 짐짓 어깃장을 놓넌디

석가모니께서
예수님과 동업자라 했더니
아니, 아니라고,
그럴 리가 있느냐고
耶蘇님이 釋尊과 협업하시는 것이라며
아마, 그럴 것이라며,
그게 맞을 거라며 할렐루야 웅송이다

하긴 칠년대한 든 거북등논바닥에 흩뿌리는 빗줄기를 보면
누가 누구와 원수 척졌는지, 은총 샀는지
알 길은 없으나
하늘이 땅과 협업하고
땅이 하늘과 동업해서 저리 많은 출산을 하지 않았겠느냐며

마지막 수지타산이 맞지 않아 이문이 남는
협업 혹은 동업의 셈법이 따로
있다며, 있긴 있을 것이라며
하늘곳간 비우느라
가을들녘엔 황금불길이 遼遠으로 번져가고 있넌디

어떤 동업 · 3

한 손은 쥐어서 밥그릇을 채우고
또 한 손은
덜어서, 자꾸만 덜어내어 빈 그릇을 채우기도
하더이다.

긴 젓가락으로 밥 먹는 지옥도가 아니라

손이 채워주는 입의 노동마저도
힘들어 하던 세월의 안쪽에서

이제라도
빈 그릇마저 씻어내지 못한 손의 노동합니다.

다채로운 상상력과 무지개 시학

이상호

(시인·한양대 교수)

1. 양가정신을 아우르는 시의식

이동희 시인은 1985년에 등단했으니 어느덧 30년에 가까운 시력을 갖는 중진의 대열에 서 있다. 30년의 세월이라면 한 세대에 해당하는 기간이고, 10년이면 강산도 변한다는 말에 따르면 강산이 세 번이나 바뀌는 시간이니 그는 참으로 오랜 세월 동안 꾸준히 시업에 종사하여 이제는 시인으로서 일가견을 가질 만한 연조에 접어들었다. 그는 이런 긴 시력에 대해 지금까지 여섯 권의 시집을 상재하는 것으로 시인으로서의 자신을 증명하였고, 이 밖에도 약력을 통해서 확인할 수 있듯이 문학 연구와 저술 및 문단 지도자 역할 등 다양한 문학 활동을 펼쳐왔으며, 그 업적을 인정받아 다수의 문학 예술상을 수상하기도 하였다. 그러니 이제 그는 '이동희(시)연구'와 같은 총체적이고 무게 있는 논문을 헌정

받아도 좋을 만큼의 시적 역정을 걸어왔다고 평가할 수 있다.

마음 같아서는 이 글을 통해 이동희 시를 총체적으로 살펴보면 좋겠으나, 그것은 이 글의 성격에 맞지 않을 뿐만 아니라 정신적으로도 필자는 이동희 시의 전모를 찬찬히 감상하고 총체적으로 분석 종합할 만한 경험과 능력을 갖추지 못하였으니 천상 시간이 더 흘러 이동희 시에 대한 훌륭한 연구자나 열혈 독자가 나오기를 기다릴 수밖에 없다. 다만, 그간 출간된 시집마다 평설들을 붙여놓아 지금까지 이동희 시인이 추구해온 시세계를 대략이라도 조망할 수 있는데, 여기서 그 핵심들을 살피는 것으로 대신하고자 한다. 이것은 이동희 시인이 펼쳐온 시업의 근간이 되는 동시에 이 글에서 살필 제7시집으로 들어가는 디딤돌이 될 수도 있기 때문에 일정한 의의가 있으리라고 본다. 그러면 우선 기존의 평설들에서 핵심들을 인용하면 다음과 같다.

제1시집 『빛 더듬이』(1987) : "건전한 모럴의 기층 위에 전개되는 깊이 있는 상상력, 발상의 에스프리, 그리고 변화 있는 표현의 의장(意匠)" (유시욱 평설, 「휴머니즘의 기층과 알레고리의 변화」 중에서)

제2시집 『사랑도 지나치면 죄가 되는가』(1998) : "삶의 부정적 현실을 긍정의 시학으로 반전시켜 희망을 보여 주기"(이운용 평설, 「삶의 본질에 투신한 언어와 연꽃」 중에서)

제3시집 『은행나무 등불』(2001) : "부정(不正)을 부정(否定)하며 노래를 잃지 않는 것"(소재호 평설, 「시문학의 등불을 공유하는 행복」 중에서)

제4시집 『벤자민은 클래식을 좋아해』(2005) : "파도 같은 언어들의 유희에서 절제된 시어만을 뽑아 집합했다는 생각"(최영 평설, 「정승과 아전 사이」 중에서)

제5시집 『북으로 가는 서정시』(2011) : "언어와 정신의 양가정신이 합일된 작품"(송수권 평설, 「극기의 삶, 서정의 힘」 중에서)

제6시집 '유럽 기행시화집' 『하이델베르크의 술통』(2001) : "이동희 시인이 포착한 서부유럽 6개국의 '여행보따리'는 동굴 같은 '길'을 따라 '여행'이라는 악기의 줄을 고르는 일이었다."(김종 평설, 「방언하는 시인 촌놈, 유럽을 낚다」 중에서)

위에 제시한 것들은 각각 다른 시집을 다른 시인이나 평론가가 다른 시각으로 접근한 것일 뿐만 아니라 아주 핵심적인 평가만을 발췌한 것이기 때문에, 이를 통해서는 통시적 차원에서 시적 변모 양상이 잘 드러나지는 않지만, 그동안 이동희 시인이 추구해온 시의 세계가 어떤 것이었는지 그 윤곽은 어느 정도 엿볼 수 있다. 예컨대, 제재와 주제적 차원의 핵심이 '삶의 부정적 현실'에 대한 성찰과 비판을 통해 긍정과 희망의 세계를 지향하는 것으로 집약된다면, 미적 차원에서는 언어에 대한 치열한 인식과 '깊이 있는 상상력' 및 '변화 있는 표현의 의장'으로 집약할 수 있다. 이 두 차원을 아우르는 관점으로서 특히 이동희 시에서 '극기의 삶, 서정의 힘'을 읽어낸 송수권 시인의 '언어와 정신의 양가정신이 합일된 작품[1]'이라는 평가에 눈길이 간다. 송수권 시인은 평설에서 '언어의 성취'로서 영랑 시를, '정신의 성취'로서 만해 시를 꼽고 있는데, 이 예를 통해서 짐작하면 이동희 시의 위상을 어느 정도 가늠할 수 있지 않을까 한다. 즉 이동희 시의 특성을 주로 언어 미학과 부정적 현실에 대한 부정 정신으로 집약한 그간의 평가들을 고려한다면 이동

---

1) 송수권 시인의 설명에 따르면, 아널드(M. Arnold)가 말한 '양가정신(兩價精神)'이란 시를 대하는 태도에 관련된 것으로서 '언어'와 '정신', 즉 예술적 차원에서 언어미학적 성취감과 정체성을 확인할 수 있는 차원에서 정신(사상)의 성취도가 융합된 것을 가리킨다. 제5시집 『북으로 가는 서정시』, 158쪽.

희 시의식은 대체로 균형감각을 잘 견지하고 있음을 알 수 있다. 요컨대, 이동희 시는 미학과 사상이 걸맞게 융합되어 있다는 것이니, 그의 시는 예술적으로 매우 이상적인 차원에 올라 있거나 적어도 그런 차원을 지향하는 과정에서 창출된 것이라 할 수 있다. 이 같은 그의 시적 결실이 결코 우연한 것이 아니라는 사실은 시에 대한 자신의 인식과 습작기의 고뇌 과정을 토로한 첫 시집의 '후기'를 통해서 확인된다.

시가 없는 생활을 가난한 삶이라고 한다면, 지나친 감정의 사치요 유희일까. 그러나 사람이 그것을 잊어버린다면 가난해진다는 것을 생각하게 하는 한 가지 방법, 시는 그렇게 정의할 수 있다는 지적을 접하기 전부터 시는 내 삶을 풍요롭게 하는 자양이었다. 시는, 악성병균처럼 성장 세포마다 침투해 있던 나의 눈물샘을 자극하기도 했고, 젖은 일상을 해바라기 얼굴로 말리기도 했다. 그리하여 궁색한 자취방 책꽂이에는, 보물처럼 몇 권의 시집이 나를 지켰고, 푼돈마저 털어 문학잡지를 사들고 와 군불 없는 방에서 이를 탐독하게 하는 부를 누리기도 했다.[2]

이 글에 자연인 이동희가 시인 이동희로 거듭날 수밖에 없는 개연성이 절절이 드러난다. '시가 없는 생활을 가난한 삶'으로 본 그로서 '시는 내 삶을 풍요롭게 하는 자양분'이라는 관점을 갖게 된 것은 지극히 당연한 이치일 것이다. 물론 여기서 '가난한 삶'이란 근본적으로 정신적 차원의 궁핍상을 의미한다. 그리고 보면 이는 시의 요체를 '사무사思無邪'로 본 공자의 시관에 유합된다. '서민庶民'의 원래 뜻이 '정신적으로 가난한 사람'을 일컫는 것이었다고 하듯, 공자가 시를 모르면 벽 앞

---

2) 제1시집 『빛 더듬이』, 129쪽.

에 마주 서 있는 것과 같다고 하면서 자식들에게 시에 대해 무지한 사람을 사귀지 말라고 한 것은 바로 서민들과의 교유는 하나도 유익할 것이 없음을 경계했기 때문이다. 이동희 시인이 이러한 공자의 시관에 유합하는 시의식을 가졌음을 상기할 때, '시는, 악성병균처럼 성장 세포마다 침투해 있던 나의 눈물샘을 자극하기도 했고, 젖은 일상을 해바라기 얼굴로 말리기도 했다.' 는 그의 습작기가 얼마나 치열하게 전개되었는지 짐작하고도 남는다. 그야말로 시로 열병을 앓음으로써 정신의 뼛속 깊이 속속들이 시에 대한 그리움이 파고들었을 것이니 어찌 한시라도 시를 멀리할 수 있었겠는가.

이렇듯 그는 시에 조숙하여 일찍이 시의 매력에 빠져들었으며 그 치열한 사랑이 끝끝내 그의 마음을 사로잡아 지금 일곱 번째 시집으로 그 애끓는 사랑의 한풀이를 하는 셈이다. 그런데 그 열병은 아무리 풀어내도 영원히 풀어지지 않는 숙제 같은 것인지 갈수록 더 뜨거워져서 우리를 숙연케 한다. 2011년에 여행시편을 포함한 2권의 시집을 상재한지 3년도 채 안 되었는데 그새 무려 147편(웬만한 시집 3권 분량)이라는 작품을 창출하여 또 하나의 시탑을 쌓아올리려 하고 있으니, 참으로 샘이 깊은 물은 마르지 않는다는 말을 실감한다.

2. 시적 맛을 북돋우는 조미의식

시의 미학성, 또는 기법은 접근하기에 따라 다양한 논의가 가능하다. 가령, 시에서 가장 널리 수용되는 운율·이미지·비유·상징·역설·반어 등등은 모두 일상성을 초월하는 경향을 지닌 기법과 밀접한 관련이 있는 것으로, 시의 맛을 깊게 하여 흥미를 북돋우면서 의미를 구체적이고 효과적으로 전달하는 기능도 갖는다. 그런데 여기서 미학성과 의미(이념)의 전달 문제 가운데 어느 것이 더 우선하느냐 하는 질문은 부질없다. 말하자면 융합과 조화의 의미로 보아야 한다. 물론 문학사적 경험을 반추하면 시인의 취향에 따라서, 또는 시대와 작품의 경향에 따라서는 미학성과 이념의 문제는 선택적인 차원에서 어떤 것이 우선적으로 취급될 수는 있지만, 더 긴 역사적 안목으로 접근하면 결국 좋은 시는 언제나 그 두 가지 요소가 잘 어우러지는 경우가 훨씬 더 많다고 단정할 수 있다.

이런 관점에서 필자는 먼저 시의 맛을 북돋우는 미적 체계에 관련된 이동희 시인의 성형의식을 작품을 통해 엿보려고 한다. 주지하듯 성형의식이란 무엇보다도 운율과 밀접한 관련이 있다. 시에서 운율이란 전통적으로 시와 산문을 구별하는 근본 요체로 인식되어왔듯이 시의 존립 근거로서 결코 간과할 수 없는 요소이다. 산문적 시대로 일컬어지는 현대 자본주의 사회에 이르러 자유시가 일반화되면서 운율적 자질이 현저히 약화되거나 내면화되는 경향으로 치닫지만, 그렇다고 해서 그것을 온전히 부정하고는 시 자체가 존립할 수 없다는 점에 대해서는 누구도 부인하지는 못할 것이다.

그런데 시에 관심을 가진 이라면 요즘 시와 산문의 경계를 아슬아슬하게 줄타기하는, 다소 과격하게 비판하면 시도 아니요 산문도 아닌 정체불명의 작품들이 무수히 횡행한다는 사실을 의식하리라 짐작되는 바, 난잡한 사회현상만큼이나 시단의 흐름도 혐오스런 점이 적지 않다.[3] 이런 우려스런 점을 생각하면 이동희 시인의 시의식에 내재한 한

---

3) 한 비평가가 올해 모 시문학상 수상작에 대해 '넋두리'에 불과한 작품이라고 폄하한 까닭도 바로 시적으로 제대로 정제되지 못하여 산문처럼 장황한, 비시적 성향을 꼬집은 것으로 짐작된다.

결같은 성형의식은 개인적 고집 이상의 의미를 갖는다. 누가 뭐래도 시는 먼저 시다워야 한다는 점을 시적 형식을 통해 주장하는 그의 목소리는 매우 우렁차고 당당하게 울려온다. 대부분의 작품들에서 시상과 이미지에 따라 행을 나누고 연을 나누는 그의 자유시적 표현 경향은 구태의연한 것을 초월하는 의미, 이를테면 시의 정체성에 대해 치열하게 고민한 의도적인 결과라고 보아야 마땅하다. 그러기에 그 시적 실체는 시인의 뚜렷한 성형의식의 소산이자 미의식의 발로에서 이루어진 것임이 분명하다. 그렇지 않고는 「텃밭」이나 「물 안 새는 사이」와 같은 유형의 작품들에 사용된 자유시형과 산문시형의 교차 표현에 대해 설명하기가 어렵다. 가령, 「텃밭」을 예로 들면 이렇다.

    봄이 자지러진 거리에 등장한 종묘상
    푸른 꿈 공장에서 풍기는 파란 고소함이
    허기진 나그네를 붙잡는다.

    가지 모종 두 포기
    오이 모종 다섯 포기
    쌈채소라며, 모둠 이름을 가진 너는 어여쁘고 싱싱하고 가녀린 몸매를
  지녔다
    파란투구를 쓴 어린이 모종들은 나란히 줄을 맞추어
    나를 반긴다.

    공중에 거미집을 짓고 사는 처지에 일용할 양식은 전선을 타고 온다.
그래도 저 어여쁘고 싱싱하고 가녀린 몸매를 지닌 푸른 영혼을 만나면
나를 배양했던 흙의 감각을 추억해내는 머리 나쁜 땅강아지가 되려 한

다. 산란해도 기를 곳 없는 파란 알을 낳으려 한다. 天不生無祿之人?地
不長無名之草라 했던가. 낳고 보면 나머지는 하늘이 땅이 다 알아서 먹
여주고 이름 붙여 자라게 하겠지만…

　　한 뼘 스티로폼 밭에도 한 뼘의 햇볕이
　　든다. 한 타스의 바람자락이 놀러와 참 쉽게도 글을 쓴다
　　맑은 해님이 한 모금의 생수를 마시듯
　　황혼이 기웃할 때
　　한 잔의 그리움으로 푸르른 날을 푸르게 취하듯

　　나에게 녹을 주고 이름 불러줬던 흙냄새를 방위하려
　　비만의 여백에
　　푸른 군대의 연병장을 일군다.

— 「텃밭」 전문

　총 5연으로 된 이 작품은 산문시형인 3연을 중심으로 앞뒤의 각각 두
개의 연은 자유시형으로 구성되어 있다. 시인이 왜 이렇게 한 작품에 두
개의 시형을 교차하도록 조직하였을까? 이런 의문을 갖지 않고는 이 작
품의 본질을 제대로 이해할 수 없다. 그만큼 이 형식에는 깊은 시적 의
미가 들어 있다. 즉 창작 과정에서 시인은 [1~2연·4~5연]과 [3연]은 표
현 내용의 성격이 다름을 인식하고 그 다름을 구조적으로 표현하는 것
이 시적 효과가 더 발휘될 수 있다고 생각했을 것이다. 그것이 곧 운문
과 산문으로 표현 형식을 교차적으로 구성한 결과로 나타났다고 할 수
있다. 그렇다면 표현 내용은 어떻게 다를까? 그것은 바로 제재와 경험
의 문제에 관련된다. 이를테면 나머지가 시인의 개인적 경험에 따른 창

253

의적 제재라면 3연은 한문 두 문장을 인용했듯이 공동기억에 해당하는 내용이어서 서로 변별된다. 그리고 이 3연은 1~2연의 채소 씨앗과 모종에 관한 것에서 4~5연의 글쓰기 과정으로 확장 변주되게 하는 돌쩌귀 구실을 한다. 그래서 1~2연에서 3연으로 들어갔다가 나오면 3연의 영향에 의해 시상에 전이가 이루어지게 된다. 그런 제재와 의미 및 변화의 과정을 구조적으로 표현하기 위해 시인은 운문과 산문 형태를 교차적으로 표현했다고 할 수 있다.[4]

이러한 의미와 형식상의 변화는 낭송하는 경우에도 분명히 다른 속도와 어조語調로 이루어져야 시의 맛을 제대로 살릴 수 있다. 즉 1~2연과 4~5연은 행갈이를 한 자유시형이므로 행갈이에 따른 속도 조절이 알맞게 이루어져야 하지만 3연은 전체가 산문시형을 지녔으므로 일정한 속도를 유지해야 한다. 이에 따라 어조에도 차이가 나야 하는데, 개인적 경험에 대비되는 집단적 경험을 근간으로 한 3연의 경우에는 낭송적 어조(소리)보다는 낭독적 어조(아니리에 상응함)에 의존하는 것이 의미와 유기적인 관계를 형성하는 데 더 효과적일 수 있다.

위에 든 예는 한 편의 작품 안에서 두 개의 시형을 사용한 특이한 경우라서 그 내적 의미를 구체적으로 살펴 시의 문체형식과 효용성의 관계를 해명해 본 것이다. 말하자면 시의 리듬과 형식은 그에 상응하는 시인의 미적, 표현적 의도와 깊은 관련이 있음을 직접 확인해 보았다. 그렇다면 이동희 시 형식의 대부분을 차지하는 자유시형만으로 이루어진

---

4) 〈물 안 새는 사이〉와 〈안 나쁜 사람〉에서도 비슷한 구조를 보여준다. 앞의 시에서는 산문시형을 취한 3연의 경우 성철 스님과 청담스님에 얽힌 사실이나 일화가 중심을 이루는 점에서 앞의 두 연과 뒤의 세 연과는 차별화된다. 뒤의 시는 2연에서 '한 거간꾼에게 끌려 식모로 팔려간 여덟 살 소녀'의 아픈 경험에 대한 내용을 소개하는 대목을 산문시형으로 표현하여 현실적 아픔과 설움을 형식적으로 드러내려 하였다. 이 밖에도 더 있는데 이런 형식으로 된 작품은 모두 10편에 이른다.

5) 이번 시집의 147편은 모두 자유시형을 취하고 있는데, 이것을 내적 형태에 따라 좀 더 세분하

254

작품들도 그 나름의 작의作意가 내포되어 있다고 본다.[5] 말하자면 그는
표현 의미와 이미지의 변화에 따라서 행과 연을 나누는 것이 가장 자연
스러운 시의 형식이라고 확신하는 셈이다. 이런 점에서 그는 적어도 시
의 형식에 대해서는 매우 정통적인 인식을 갖는다고 평가할 수 있는데,
그러면서도 간혹 다음과 같은 실험의식을 보여주기도 하여 그가 형식
에 대해서 아주 경직되거나 기계적인 단순성을 견지한 시인이 아니라
는 점을 확인하게 한다.

    나는 항상—
    왼손에게 미안하다

    1천원을 꾹꾹 눌러 보내며 듣는 발신음 경고 때문에
    흔들려도 일어서야 하는 시내버스 손잡이 때문에
    사르트르의 지옥[6]에게 무기명 이체하는 존심 때문에
    택시의 동전거스름을 받아 챙기는 작은 주머니 때문에
    제 먹은 밥그릇 씻어내는 기껏 하는 설거지 생색 때문에
    튕겨져 나온 돌멩이를 치우고야마는 잠시 굽힌 허리 때문에
    우측통행하지 않는 행인에게 보내는 손가락질 때문에
    붓두껍 누른 대로 나오지 않는 선량하지 않은 선량 때문에
    누르는 협력 없이는 올릴 수 없는 바지의 지퍼 때문에
    제 숨통을 조르고도 편안한 예절 바른 넥타이 때문에
    주말 연속극에 시선 꽂아 돌린 채널의 가난한 부유 때문에

면 다음과 같다. 단연(單聯)시 : 25편(17%), 연시(聯詩) : 122(83%), 자유시형 중 산문시형이 복
합된 작품 : 10편(전체의 6.8%). 이 분석 결과에 따르면 이동희 시인이 가장 즐겨 사용하는 구
성 방법은 연 구분을 하는 자유시형임을 알 수 있다.
6) 사르트르는 '타자는 나의 지옥' 이라고 했다.(原註)

언로를 뚫는 길에 푼돈으로 깔아야 하는 보도블록 때문에
1만 댓글로 백만송이장미꽃을 피우려는 국민명령 때문에
쓰이는 글씨대로 뜻을 만들지 못하는 문자 때문에

오른손잡이여서 미안하다
나는 항상—

—「바른 손에 관한 명상」 전문

和蘭의 한 여행사에서
편도火星여행객을 모집했다
한다. 전 세계로부터 순식간에 일만여 명이 응모했다
한다. 한 번 가면 다시 돌아올 수 없는 여행길에
사람들이 서로 먼저 가겠다며 그리 몰렸다
한다. 기필코 가고자 하는 길에
서둘러 가려고 탑승권을 사려 떼돈을 벌자
한다. 아침 밥상머리에 펼쳐진 피비린내를 맡으며
편도선이 부어오른 밥숟가락을 거두려
한다. 化學무기로 외상없이 깨끗하게 정렬한 어린 주검이
시리아로부터 칼라사진으로 날아왔다,
한다. 직격탄을 날리니, 밥그릇에 가득한 화약 냄새
밥이 밥이 아니라 밥이 독약이 되리라
한다. 밥을 버는 돈이 독약이 되리라
한다. 아이가 아이를 때리고 따돌려도
어른이 어른을 구박하고 내쳐도 잘한다, 잘한다
한다. 부자가 부자를 따돌리지 않는 것이나

가난이 가난을 따돌리지 않는 것이나 마찬가지라
한다. 그래도 가난이 가난을 따돌리지 않으면
가난한 밥통에는 여러 개 밥숟가락이 드나든다
한다. 부자가 부자를 따돌리지 않으니
부자 밥통은 肥滿하여 ?滿症만 고여 있다
한다. 부자는 내일도 배가 고프다
한다. 가난은 오늘도 배가 고프다
한다.

그래도 우리는 아무도 편도火星여행표를 끊지 않는다
한다. 가난은 표를 살 수 없어서 여행을 꿈으로 다닌다
한다. 부자는 돈이 있어도 떠밀려 가는 여행은 싫다
한다. 시를 쓴다는, 자칭 가난한 비렁뱅이만, 어떻게
서정시 한 편으로 표를 구할 수 있을까, 전전긍긍
한다.

—「한다 · 슬픔이 슬픔에게」 전문

위의 두 작품도 한 눈에 들어오듯이 적극적으로 성형의식이 발휘되
었다. 우선 앞 시의 경우는 두 가지 측면에서 눈길을 끈다. 하나는 1연
과 3연이 수미상관을 이루면서도 두 행을 뒤집어 변화를 꾀했다는 점,
다른 하나는 2연에서는 각 행마다 '때문에'를 각운脚韻으로 배치하여
세상과 자아에 대하여 다양하게 성찰하면서 반성이나 비판하고 싶은
사안들을 나열한 점이 바로 그것이다. 이를 통해 시인은 그것이 정말 부
끄러워해야 할 일인가 아닌가, 헷갈린다는 의미를 넌지시 나타냄으로
써 뒤죽박죽이 되어 버린 세태를 풍자한다. 오른손잡이이어서 왼손에

257

게 항상 미안하다는 것은 보기에 따라서는 다른 생각을 가질 수도 있기 때문이다. 즉 오른손만 많이 쓴다는 것은 왼손을 소외시키는 의미가 되므로 미안할 수 있지만, 반대로 오른손만 혹사시킨다는 의미로 읽으면 도리어 한가한 왼손이 미안해해야 하는 역전현상이 일어난다. 그래서 이 시의 각운인 '때문에'는 온갖 핑계를 대거나 책임을 전가하기 일쑤인 현대인들의 부조리 상황을 다양하게 나열하여 비판하고 강조하는 의미를 갖는다.

뒤의 작품에서는 '한다'라는 두운頭韻이 뚜렷하게 드러난다. 각운을 규칙적으로 배치한 앞 시의 형태와는 달리 여기서는 교차적 배치를 기본으로 하되 때로는 두 행이나 세 행에서 연속되기도 하여 변화된다. 이 시 역시 '한다 - 슬픔이 슬픔에게'라는 제목과 부제가 나타내듯이 부조리한 세계를 다양하게 성찰하고 비판하는 제재들이 나열된다. 특히 직접화법을 인용하는 경우에 흔히 사용하는 '한다'라는 형식을 차용함으로써 개인적 생각이 아니라 세간에 횡행하는 일반적인 인식이나 말을 그대로 옮기는 것처럼 표현하였다. 이를 통해 시인은 사적 의미를 축소하고 일반적, 객관적 의미가 강화되도록 한다. 그리고 두운으로 수차례 반복되는 과정을 통해 그런 사회 현상이 세상에 팽배하여 일상화되어 있음을 암시하며, 역설적으로 그것은 또한 사람들이 그러한 세태에 길들여져 은연중에 무감각해짐을 드러내는 기능도 한다.

한편, 시의 맛을 북돋우는 주요 요소로서 이동희 시인은 비유는 물론이거니와 언어유희, 아이러니(역설 포함) 같은 기법에도 관심을 기울이고 있음이 드러난다. 특히 언어유희에 관련된 작품으로 「무주는 무주다」?「날밤」 같은 것이 주목되는데, 그 중에 앞의 시 일부를 인용하면 다음과 같다.

무주에는 주인이 없더라.

목마른 자

누구나 와서 반딧불이와 노닐기만 한다면

주인이라 하더라.

무주라서 취할 일 없으리란 주객이여!

주객이 따로 없이

산머루주나 먹포도주에 그냥 취하시기 좋을

동굴주도를 따라 걷기만 해도

산내음에 취하기만 하더라.

자연이 낸 길을 따라

그저 걷기만 해도 도로 취하는 마을

주인이 없으니

모두가 주인이더라.

―「무주는 무주다」부분

이 시는 전북지역의 한 지명인 '무주茂朱'와 소리는 같고 뜻이 다른 '무주無主'가 중첩되도록 하여 이른바 동음이의어同音異議語를 통한 모호성의 시학에 기대어 표현한 작품이다. 그리하여 독자에게 여러 가지 의미를 복합적으로 상상하게 한다. 이를테면 지역적 특성에서 출발하여 인간과 사회와 자연에 관한 생태와 환경에 대해 되새겨 보게 한다. 그리하여 시인은 무주라는 지역적 특성을 자연 환경이 훼손되지 않고 순수한 상태로 남아 있음을 강조하면서 이 지역에 오면 인간관계도 그렇게 될 수 있음을 강조한다. 이는 역설적으로 소유욕과 권력욕에 따른 수직관계로 이루어져 자유가 억압되는 현대 도시 사회의 한 폐해를 염두에 둔 것이므로 비판적 의미를 함유한다. 이에 따라 무주는 시인에게 비판 대상으로서의 도시 사회의 대척점에 놓이는 공간으로 인식된다.
다시 말하면 시인은 '茂朱 = 無主空山 = 모두가 주인이 됨'이라는 전이
과정을 통해 아이러니 구조가 형성되도록 하여 결국 무주라는 지역이
현대인들의 궁극적 이상향임을 강조한다. 이와 같은 시인의 인식은 시
의 결구를 통해 다음처럼 부연 마무리된다.

> 무주공산!
> 어여쁜 짐승들만 주인이 되는 나라
> 환인께서 다시 오시기에 적합한
> 단 한 곳, 사람의 궁전
> 무주에 오면
> 모두가 주인이 되어
> 가빴던 숨결마저 곱디곱게
> 도처에 펼쳐진 시詩의 문맥 따라
> 숨 쉴 만하더라.
> 숨을, 쉴 만하더라.

이 대목에서 우리는 시인이 상정하는 이상향의 구체적인 형상을 다
시 확인할 수 있다. 즉 '무주 = 무주공산 = 사람의 궁전 = 시(자연) = 숨
쉴 만한 곳'으로 귀결되는 과정에서 그 점이 잘 드러난다. 이를테면 개
개인이 소유욕으로부터 자유로워져서 모두가 주인이 되는 수평적 인간
관계를 형성하게 되면, 서로가 주인이 되겠다고 전쟁을 방불케 하는 무
한 경쟁관계에서 벗어나게 되어 '가빴던 숨결'이 '숨을, 쉴 만하더라'
로 바뀜으로써 여유로움의 경지에 들 수 있다는 것이다. 이렇듯 동음이
의어에는 최소한 두 개 이상의 시선이 중첩되는데, 비판적 대상을 바라

보는 현실적 눈과 이상적 공간과 세계를 지향하는 미래적 눈이 바로 그 것이다.[7] 이러한 이중적 시선은 다음 시에서 극적 아이러니의 형태를 동반하며 세태비판의 의미를 더욱 강화한다.

공원 산책길 옆 잔디밭을 파헤친 남새밭에 느닷없는 발목지뢰

경고!
양심을 믿읍니다
남 농작물을 훔쳐가는 자는 도둑임다.
양심을 지킵시다!
농작물주인

고 바로 위에서
행색 초라한 구경꾼이 내려다보고 있다.

경작금지 자연보호
공원 내에서 허가 없이 농작물 경작, 건축물 설치, 토지 형질 변경, 임목 벌채 행위 등 금지. 위반자는 도시공원법 제32조 및 33조 규정에 의거 1년 이하 징역 또는 300~500만 원 이하의 벌금
행복시 욕망구청장

— 「양심」 전문

---

7) 〈날밤〉에서는 '날밤'을 '밤[夜]을 새다'와 '익히지 않은 밤[生栗]'의 의미가 중첩되고 다시 밤을 새워 밤의 겉껍질을 깎는 행위가 정성껏 글을 쓰는 행위로 전이된다. 그리하여 시인은 '하얀 밤의 속껍질을 밤새 밝혀내어/ 탱탱하게 문맥을 다듬어내노라면/입안에 툭툭 터지는 질감으로/저, 생밤의 시가 문득 새벽을 두드리는 소리/아득하고 막막하구나.'로 마무리한 결구에 드러나듯 진정한 글쓰기의 과정과 그 의미를 생각게 한다.

표현 주제를 제목으로 내세운 이 시는 두 개의 경고 문구를 직접 인용하는 방법을 통해 현대사회의 기만적인 양심의 실체에 대한 한 유형을 드러낸다. 시의 구조는 경작이 금지된 공공 토지에 농작물을 경작한, 불법을 저지른 농작물 주인이 남을 믿지 못하여 농작물을 훔쳐 갈지도 모르는 불특정, 또는 미필적 도둑에게 양심을 지키라는 경고판을 세워 놓았는데, 알고 보니 정작 그 자신이 먼저 도시공원법을 어긴 잘못된 사람이라는 아이러니 형태로 이루어졌다. 말하자면 아이러니를 통해 극적 반전이 유발되게 하여 이중적 인격자의 모순성-부조리한 인간에 대한 경각심을 부각한다. 자신에게는 한없이 너그럽고 남에게는 야박한 현대인의 잘못된 한 모습을 이 시의 구조를 통해서 엿볼 수 있다. 요컨대, 이 작품의 특성은 주제를 제목으로 먼저 제시하고 본문에서는 다만 두 개의 경고문만을 인용하여 두 연으로 나누어 제시하면서 그것을 '행색 초라한 구경꾼이 내려다보고 있다'고 설정하여 극적 장면의 효과가 발생하도록 했다는 점이다. 그리하여 독자는 이 시를 읽으면서 극적 반전의 과정을 겪음으로써 속으로 빙그레 웃으며 어떤 경험이나 감회에 젖게 된다. 의심스런 짓을 한 사람이 남을 의심하기 쉽고, 세상에 믿을 사람 하나도 없다고 하던가!

이상에서 특히 주목할 만한 시인의 성형의식이 드러난 작품을 예시하여 그 특성과 의미를 살펴보았듯 시에서 운율이나 기법들은 의미와 불가분의 관계를 맺으며 유기적으로 조직되어 있음을 알 수 있다. 그 점을 이동희 시가 독자들에게 실체적으로 경험하게 한다. 이를 통해 우리는 시인이 창작과정에서 얼마나 많은 고민을 하며, 그 결과로 나타난 표현 효과를 알아차리기 위해 독자들도 깊이 고민하지 않을 수 없음을 몸소 체험하게 된다. 더불어 그 고민의 크기만큼 그 내밀한 의미에 도달하여 얻는 기쁨도 따라서 커진다는 사실도 느끼게 된다. 이러한 독서 체험과 효과가 곧 미학적 차원에서 고민하는 시인의 성형의식에서 비롯된 것임은 더 말할 필요가 없다. 그러니 명색이 시인이라는 이름을 달고 어찌 한 편이라도 편안한 마음으로 되는 대로 시를 지을 수 있겠는가.

3. 참살이의 궁극에 이르는 길

「양심」이라는 작품을 통해 이미 부분적으로 경험을 하였지만, 이동희 시인은 몇몇 작품에서 부조리한 사회 현상에 대해 강하게 비판하는 시의식을 노정한다. 특히 「삽목」 「홍매」 「길을 내는 법」과 같은 작품에서는 거의 민중시 같은 냄새를 풍길 정도로 사회적 약자에 대한 측은지심과 불의에 대한 증오심이 베어 나온다. 이런 유형의 시를 어떻게 판단할 것인가는 오로지 개별 독자의 몫이겠지만 관점에 따라서는 달라질 수 있다. 즉 시적 함축성과 완성도 여부를 잣대로 들이대는 경우는 다소 직설적이라는 평가를 내릴 수 있고, 시적 정제보다는 대사회적 쓰임새를 우선시하는 민중시적 관점에서는 민중의 속을 후련하게 해주는 것으로 값매김될 수도 있다. 그렇다면 이동희 시인은 어느 편일까? 필자의 판단으로는 서정시적 유형을 선호하는 줄에 서 있는 것으로 보인다. 다소 직설적인 경향을 보이는 작품의 숫자가 희소한 점이 말해주듯 대체로 그는 서정시에 대한 향수를 깊이 간직하고 있다고 생각된다. 그런데 문제는 그가 내적으로 상당히 흔들리고 있음을 간과할 수 없다는 점이다. 왜 그럴까? 먼저 흔들림의 징후를 엿볼 수 있는 시의 일부를 인용해 본다.

서푼짜리 오페라로

문명을 날린, 브레히트 선생

꽃피는 사과나무에 대한 감동과/ 엉터리 화가에 대한 경악이/ 가슴속에
서 다툴 때
바로 두 번째 것이 있어 시를 쓰게 한다[8],고 고백하였는데

(중략)

우리 귀여운 세 공주님 璘 · 多 · 朗을 놓으려
九尾 박통생가 옆집에서 온고을까지 한달음에 달려온
아조, 어여쁘신 내 선화공주며느님도,
그 녘 사람인 게고

하긴, 세상 위에 사람 있지
사람 위에 세상 있는 것 아닌 거, 삼시 세끼 찾아 먹으면서
서푼짜리 세상 거시기 땜시
사람 거시기 할 일은 아닌 게고,
아닌 건 아닌 게고…

— 「서정시 · 2」 1~2, 7~8(끝)연

이 시 역시 제목과 본문 사이에 괴리가 있어 일종의 아이러니 구조를
갖는다. 즉 본문은 서정시라기보다는 서정시를 쓰기 어려운 시대를 표
현함으로써 시인은 오히려 서정시에 대한 비판적 인식을 내비친다. 이
런 점에서 이 시는 서정시에 대한 재인식을 근간으로 하는 메타시의 성

---

8) 베르톨트 브레히트 〈서정시를 쓰기 힘든 시대〉에서.(原註)

격을 지니기도 한다. 시인이 브레히트의 「서정시를 쓰기 힘든 시대」라는 작품의 일부를 인용한 것은 바로 그런 인식-브레히트와 같은 시의식을 갖고 있음을 나타내기 위한 시적 장치이다. 그러니까 이 시대는 브레히트가 표현한 대로 시인에게 '꽃피는 사과나무에 대한 감동' 보다는 '엉터리 화가에 대한 경악', 즉 사회적 부조리 현상을 비판하고 고발하는 것을 시화하도록 압력을 가한다는 것이다. 그만큼 사회가 깊이 병들어 있음을 방증하는 것이요, 그런 사회에 대해 시인도 일말의 책임의식을 나누어 가져야 한다는 것이기도 하다.

그런데 이 시는 브레히트의 생각을 반영하는 동시에 비판하는 의미도 함유함으로써 그 스스로 또는 독자들에게 이 시대의 진정한 서정시는 어떤 것이어야 하는가를 성찰하고 고민하게 만든다. 그것은 시인이 일단 '서정시' 라는 제목을 붙여놓고 전통적 의미의 서정시가 아닌 현실적 문제를 다루어 의도적으로 제목과 본문 사이에 괴리(아이러니)가 생기게 하거나, 아니면 일종의 시적 기교(트릭)를 통해 독자들을 긴장시키고 있기 때문이다. 더 구체적으로 말하면 아직도 선거 때만 되면 되살아나는 망령인 이른바 '지역감정' (정확하게는 지역차별의식)과 같은 사회 문제에 대한 시인의 비판적 인식이 시의 바탕에 깔려 있음을 감안하면(호남 사람으로서 거리낌 없이 경상도 지역의 시우를 사귀고 며느리를 맞았다는 표현에 드러남) 이 작품을 순수 서정시라고 보기는 어려우므로, 시인이 굳이 이런 괴리된 구조로 조직한 시적 의도에는 그에 상응하는 문제의식이 들어 있다는 점을 간과해서는 안 된다는 것이다. 그것이 무엇일까? 문맥적 의미로 볼 때 그것은 바로 시대가 변했으므로 당연히 서정시에 대한 인식도 달라져야 한다는 주장을 그는 구조적으로 표현한 것이라고 판단된다.

그렇다면 우리는 새삼스레 서정시에 대한 통시적 고찰을 해볼 필요성을 느낀다. 과연 서정시란 무엇인가. 주지하듯이 '서정시'는 발생학적 차원에서 고대로 거슬러 올라가면 문학의 세 양식인 '서사시' '극시'와 분별되는 것, 현대적 관점으로 말하면 시와 소설과 극을 변별할 때 시를 통칭하는 용어였다. 즉 서정시란 서사성과 극성이 없는, 시인의 정서를 풀어내는 특성을 지닌 양식을 가리켰다. 이것이 현대로 이행되면서 좁은 의미에서 이념과 사회적 목적의식을 우선시하는 시와 구별되는 인간의 본질과 순수한 정서를 노래하는 경향을 지닌 시로 규정되기에 이르렀다. 그리하여 어떻게 보면 현대에 이르러 서정시의 개념은 편협하게 인식되거나 왜곡되어 무척 모호해져 버리고 만 셈이다.

그런데 위에 인용한 시에 따르면 이동희 시인은 서정시의 개념을 포괄적으로 접근하는 입장인 것으로 보인다. 이 시대가 서정시를 쓰기 어렵다는 점을 깊이 의식하면서도 서정시의 근본을 재인식하려는 태도에 다르면 그는 분명히 양자를 포괄하는 차원에서 이해하고 있거나 적어도 이해하려는 입장인 것으로 판단된다. 이러한 그의 태도는 마지막 연을 통해 확인된다. 이를테면 '서푼짜리 세상 거시기 땜시' '사람 거시기 할 일은 아닌 게고'(모호하게 표현한 '거시기'는 문맥적으로 앞은 '문제' '풍조' '현상' 등으로, 뒤의 경우는 '소외' '훼손' '증오' '비판' 등등의 의미로 짐작됨)라고 표현한 대목에서 사소한 세상보다는 사람이 더 소중하다는 의미가 선명하게 드러난다. 시인이 그것을 '아닌 건 아닌 게고'라고 재차 강조하였듯 현상적 문제 때문에 본질적 가치가 결코 전도될 수 없음을 강력하게 주장하고 있는데, 문제는 이 강조의 강도가 커질수록 사회의식의 노출 수위도 점점 높아진다는 점이다. 그렇게 되면 아이러니 형태로 전이되어 서정시가 아닌 사회현상에 관한 문제를 다루는 비서정시의 성격이 우세해지는 결과를 낳기 때문이다. 그래서 이러한 내적 구조까지 통합적으로 읽으면 결국 시인은 전통 서정시를 염두에 두면서도 한편으로는 바뀐 시대에 적응할 수 있는 변화된 모습으로서의 새로운 서정시를 의식한다는 것을 알아차릴 수 있다. 요컨대, 그는 이른바 '신서정' 이라 불리는 현대적 서정시의 한 모습을 작품으로 형상화한 셈이다. 가령 이러한 경향은,

집안에서 키워오던 열대관상수 가지가 무성하다 그 중 한 가지를
잘라 대지의 배꼽에 꽂았다

전정가위로 아무렇지도 않게 자르는데
아무렇지도 않은 게 아니었다.

잘린 자리에서 솟아나던 하얀 진액,
자른 가윗날에 아픈 망설임이 찐득하게 묻어났다.

그렇게 두어 달이 지나자
하얗게 질렸을 가지들이 파르랗게 숨을 쉬었다

회식모임 식당에서 고종사촌제수씨와 조우했다 그녀는 越族이다
아우와 결혼하여 낯선 땅에서 노동으로 가난을 차렸다

눈물자국에는 파르랗게 숨을 쉬는 새싹이,
아무렇지도 않은 게 아닌 단절의 자리에서 태어났다

대지는 약손을 숨기고 있음에 틀림없다
아무렇지도 않은 게 아닌 상처마다 붕대를 감아준다.

과 같은 작품에 여실히 드러난다. 이 시는 이원 구조로 조직되어 있다. 총 7연 중에 앞 4연은 꺾꽂이[揷木]의 과정에 관한 것이고, 뒤 3연은 한국 남자에게 시집와서 소위 다문화가정을 이룬 이국 여성의 고된 삶에 대한 성찰이다. 즉 뒤쪽은 시인이 표현하려는 궁극적 제재이고 앞쪽은 심각한 사람살이에 대한 설득력을 높이기 위해 차용된 자연의 섭리에 해당한다. 그러니까 식물과 사람이라는 전혀 다른 속성을 지닌 두 제재는 시인의 경험과 상상력에 의해 시에서 통합되어 이합집산의 과정을 겪는다. 그리하여 서로 다른 성격의 나뭇가지가 어려운 과정을 거쳐 하나로 접목되는 것처럼, 다른 문화에서 살아온 두 남녀이지만 힘겨운 과정을 거쳐 상처를 극복하고 결국 '파르랗게 숨을 쉬는 새싹' 으로 태어나게 된다는 것이다. 그것이 가능하게 하는 것을 '대지의 약손' 이라 하였듯 시인은 자연의 섭리가 인간에게도 작용하고 있음-인간도 자연의 일부분임을 확신한다. '죽으라는 법은 없다' 는 말처럼 세상에 태어난 것은 모두 어떻게든 살아갈 수 있는 길이 열린다는 것을 그는 다문화가정의 한 모습을 통해서 확인한다. 이렇듯 이 시에서 시인은 자연과 인간을 포괄적으로 들여다보고 서로 조화를 이루는 접점을 찾아냈는데, 시작법상 전경후정前景後情의 구조로 이루어진 이 시는 자연 생태와 현대 사회의 한 생태를 접목한 일종의 현대적 서정시=신서정에 가까운 시의 한 모습을 보여준다.[9]

그러나 그럼에도 불구하고 이번 시집의 절대다수를 차지하는 작품들

---

9) 유사한 방법으로 이루어진 〈길을 내는 법〉에서는 '강릉 남대천 하구' 에 '날아오르는 외다리 왜가리' 의 생태와 '현대자동차 공장 철탑/다리 묶은 외다리 비정규직/ 한 사람' 을 연결하여 표현하였다.

이 비교적 특정 이념이나 사회의식을 직접 노출하지 않고 사람살이의 깊은 곳을 들여다보려는 노력을 보여주는 것으로 볼 때, 이동희 시인의 시의식이나 작시 태도의 근간은 아무래도 이념이나 현상에 대한 문제보다는 좀 더 근원적인 문제에 대한 관심사를 시적으로 표현하려는 것이라고 단언할 수 있다. 그런 경향을 잘 보여주는 작품 한 편을 들어보면 다음과 같다.

봄이 산 너머에서 머뭇거리며 컹컹 짖어대자, 매화도
벙긋거리며 흉내를 낸다. 아직은 아니다, 아니다

드나들던 자연교실에서 외우고 또 받아써 온 내공으로
짖을 때마다 어둠을 털어내려 하지만
보이는 소리 크다, 천지간에…

보이는 것들은 무섭지 않다, 보이는 것들을 비추는 광고탑처럼
보이는 길들이 잦아드는 종점
보이는 꽃들이 떨어지는 낙점
보이는 것들은 보이는 방식으로 잦아들거나 떨어지면 그만이다

모처럼 선명한 두려움을 보았다, 빈집
봄마저 출입을 삼가는 한적한 농가
대문간에 묶인 黃狗는 지킬 것 없는 자신을 컹컹 짖어댔다.
지축이 울린다.
자신의 두려움이 저리 무거울 수도 있구나, 천지간에…

끝자리에서 이어지는 평행선처럼

떨어지는 자리마다 꽃을 피우는 씨앗들처럼

보이는 방식으로 나는 나를 짖을 것이다. 두려움이

보이는 그 자리까지, 소리의 그루터기까지

자신의 허물에 묶인 풍월을 읊는 황구를 조문하듯이

천지간에 나는

나를 짖을 것이다.

—「폐吠」전문

　"짖다. 개가 짖다."라는 개념의 '폐吠'라는 어려운 한자어를 제목으로 사용한 이 작품은 말 그대로 다채로운 자연 이미지들이 향연을 이룬다. 순수 서정시의 맛을 풍기는가 하면 '광고탑' 같은 현대적 특성의 시어가 동원되기도 하고, '산'과 '농가', '자연교실'(무위적+인위적), '봄'과 '나'와 '黃狗'('짖다'라는 행위소로 유합됨)[10] 등의 제재, 그리고 기법적으로 비유와 역설 등이 동원되어 봄이 돌아오는 산천과 농가에 대한 관찰로부터 자아 성찰과 반성 및 개선 노력으로 발전되는 과정이 적나라하게 표현되어 있다. 이러한 다각적 시선은 물론 도무지 알기 어려운 우리네 존재와 삶의 속내와 관련이 있다. 다시 말하면 참된 존재 양태에 도달하기란 그만큼 어려우므로 시인은 미지未知에 대해 컹컹 짖어대는 개처럼 민감하게 자아의 허물을 걷어내기 위해 골몰하지 않을 수 없는 인간의 숙명을 의식한다. 그것이 어둡고 추운 자아와 세계에 환한 봄을 영접하는 근원이요 시발점이자 가장 적극적인 행위라고 믿기 때문일 것이다.

---

10) 개의 짖음을 통해 제 갈 길을 암시 받는 점에서 윤동주의 〈또 다른 고향〉을 연상케 한다.

서정시의 개념을 인간 존재와 자아에 대한 깊은 성찰에 관한 문제를
다루는 것으로 정의하는 기존의 인식에 따르면, 이 시는 그런 서정시의
성향을 잘 보여준다. 이동희의 대부분의 작품들이 결국 이 범주에서 몇
발짝씩 가감되는 것으로 볼 때 그는 온전히 정통적이라고 할 수는 없어
도 서정시에 시의식의 촉각을 많이 곤두세우면서도 현대라는 새로운
시대에 걸맞은 시의 방향을 모색하여 이른바 신서정시에 대한 관심을
표출하기도 한다. 가히 그의 관심의 끝은 어디인지 이번 시집에 묶인 작
품들만 가지고는 참으로 가늠하기 힘들다.

위에서 살펴본 대로 시에 관한 한 이동희 시인의 뚝심은 대단하다.
그는 한 세대만큼 걸어온 오래된 시인이면서 새로운 시인이고, 전통적
이면서 현대적인 시인으로 여러 방면에서 다채로운 모습을 보여준다.
약력에서 보듯 삶도 시도 다 그렇다. 세상사 모든 것을 시에 담으려 하
는 도전적 자세와 다양한 시적 태도로 표현적 호기심과 열정을 오롯이
펼쳐내는 것을 보면 분명 욕심꾸러기로 보이는데 사람들 사이에서는
호인으로, 양반으로 자리하는 것을 보면 순수성이 빛을 발한다. 이러한
요인들을 종합할 때 그는 삶이든 시든 다 다채롭게 전개되는 것을 종교
처럼 믿는다고 생각되는 까닭에, 그런 자세로부터 흘러나온 그의 시는
절로 무지개처럼 다양한 색채로 빛을 발한다고 감히 말하고 싶다. 아니,
너무 다채로워 어쩌면 일곱 색깔 무지개로는 온전히 비유되기 어려울
지도 모르겠다. 그래서 앞으로 전개될 그의 시가 어떤 빛깔로 우리들 앞
에 짜안~ 하고 나타날지 무척 궁금할 따름이다.[11]

---

11) 147편이나 되는 작품들을 한 줄로 꿸 수 있는 끈을 찾기란 거의 불가능하다. 그래서 고민을
　　거듭하다 보니 어느새 글의 분량이 '뜻 밖'으로 넘치고 말았다. 좀 과하다 싶어 줄일 데를 찾
　　아보니 다 아깝다. 어차피 선집에 버금가는 두께를 가져야 할 시집이라면?? 하는 생각으로 줄
　　이는 고통이라도 줄이기 위해 그대로 다 살리기로 하였다.